牵挂如风

魏旭 著

远方出版社

图书在版编目（CIP）数据

牵挂如风/魏旭著.－－呼和浩特：远方出版社，2019.9
 ISBN 978-7-5555-1240-0

Ⅰ.①牵… Ⅱ.①魏… Ⅲ.①诗集－中国－当代
Ⅳ.①I227

中国版本图书馆CIP数据核字(2019)第180779号

牵挂如风
QIANGUA RUFENG

著　　者	魏　旭
责任编辑	云高娃　敖尔格勒玛
责任校对	云高娃　敖尔格勒玛
装帧设计	张继忠
出版发行	远方出版社
社　　址	呼和浩特市乌兰察布东路666号　邮编010010
电　　话	（0471）2236473总编室　2236460发行部
经　　销	新华书店
印　　刷	内蒙古爱信达教育印务有限责任公司
开　　本	145mm×210mm　1/32
字　　数	200千
印　　张	11.75
版　　次	2019年9月　第1版
印　　次	2019年9月　第1次印刷
标准书号	ISBN 978-7-5555-1240-0
定　　价	68.80元

如发现印装质量问题，请与出版社联系调换

序1

《牵挂如风》——魏旭先生的远方

高湛明

无论是牵挂还是被牵挂，都是幸福的，也是痛苦的。牵挂，厚重而深沉；牵挂，细长而悠远，如高山如泉水，如天空如白云。白云牵挂着蓝天，河流牵挂着大地，炊烟牵挂着村庄，天风牵挂着四季；风在大地生成，风从草间兴起，风来自山间海上，风来自黄尘古道。风，起于诗人的心底。

魏旭先生是黄河岸边长大的人，一如生存的水土，他宽厚而辽远，雄健而平和，凝重而欢快。与同时代的人一样，他也经历贫寒的生活，这为他打下淳朴聪慧奋发向上的人生底色。大学毕业后，先当教师，后从事行政工作。他是内蒙古师范大学历史系优秀毕业生，对历史的系统学习和研究，使他有能力洞穿纷繁现实中的升迁荣辱富贵贫贱，在很多人为功名利禄而盲目躁动的时候，他气定神闲；在很多人因功名利禄而寝食难安的时候，他鼾声如雷。一路走来，他敏锐地感受着自然的春夏秋冬花谢花开，感受着生活的酸甜苦辣欢忧进退。由于宽厚，他超脱；由于辽远，他舒展；由于雄健，他无畏；由于平和，他多友；由于凝重，他厚实；由于欢快，他行走有声。故，除了不应牵挂的，他都在牵挂——牵挂生命所附着的真善美，如风，无时不有，无处不在。

这，又转化为他生命的诗意。

人生美丽，是因人能发掘天赋于己的那份诗意。诗意，可以是对世俗的谅解，可以是对生活的宽容；可以是对往日的怀念，可以是对未来的向往；可以是对亲情的珍重，可以是对爱情的拥抱；可以是对山川大地的膜拜，可以是对清风明月的礼赞；可以是对苍穹宇宙的仰望，可以是对生死存亡的诘问；可以是对真善美的褒扬，可以是对假恶丑的讽贬。而用诗的形式把这种诗意准确、生动地表达出来并记录下来，则是诗人的担当。

身为政界人士，却在公冗之余把自己的目光温温地投向广阔的人生和纷繁的社会，把自己的心交付于万千气象，魏旭先生牵挂着春红秋绿夏雨冬雪，牵挂着秦关汉月江山世事，牵挂着亲情友情母慈子孝，这是他生命中的诗意。

　　于是，在飘洒着蒙蒙细雨的春晨，他沐浴凌寒暖阳，寻找春的味道，在春原上畅想，然后感受春风浩荡，看风筝在蓝天悠悠飘荡，即使春天里有风沙，也照样能听得到旷野里回荡的笛音，再诚邀紫燕归来，为人们送上春天的祝福，叮嘱朋友莫忘此春流光；

　　于是，在夏日，他踏晨，观钓，听荷，悟道；咏师生会，念好友情，倾听茫茫大地悠远的琴声；吟唱五月，放飞美丽，看雨燕翩翩，绽放夏日微笑；

　　他也在秋日丝雨之时，感怀七夕，感怀教师节，在蒙蒙雨巷独行，在春昆山放歌，放飞蝶花，期待秋韵诗芳。在月圆之夜，他秋思幽邃，思念初雪，思念老树，思念冬雪梅韵，还想着在来年的新春，踏雪，让爱飞翔；

　　这实在是他对生命的一份牵挂，这种牵挂如风一般锋利，刻骨铭心；如风一般柔和，回肠百转；如风一般年年岁岁，如风一般多姿多彩。那是他的上下五千年，那是他的纵横九万里。那里有他的红色记忆，那里有他的江山社稷，那里有他对世事的感怀，那里有他对人生的悠长情义。

诗歌，无论如何也要让人从尘世的喧嚣中读到生命的本真。俗话说："人生不如意十常八九"，那就意味着如意事仅仅一二。如果日日计较于不如意，我们就会活得寒冷，活得局促。给生命赋予一份诗意，就能撞开心的牢笼，看见另一片天地，而那片天是多么的深邃而悠远，地是那么的辽阔而壮美，生活是那么的多彩，生命是那么的绚烂！

人乃万物之灵，但，都活在现实中。而现实生活就是柴米油盐，就是酸甜苦辣，就是欢忧进退，有活着的欢欣，也有活着的无奈与屈从，这样的事情任何一个人都无法回避。但，人如果囿于精致的利己，计较于物质的形而下，忽视了精神的形而上，必然势利、狭隘、自私、不安。近几十年来，理想主义的光芒渐次黯淡，实用主义成为明规则。呈现在人们眼前的似乎只有金钱的大海、权力的高山，它们似乎成了人们眼中的唯一。很多人由于过多的专注于此，巍巍高山泠泠泉水，故土炊烟人间冷暖，这些与生命相伴应该关照的对象渐次远去，人，几乎被物欲所奴役，待得猛然醒悟，已然找不到自己的灵魂，幸或找到，也面目全非。

你在台上
或演或唱
我在台下
拍手鼓掌
你退下卸妆
我捧场崇尚
你似乎感觉些许凄凉
我依然温度未降
你说你其实没有给我阳光
我说我一直没有期待你什么
其实
有什么也没什么
平静平和
一切都还是那个老样

这是魏旭先生的诗集《牵挂如风》中的一首，含蓄隽永，意味深长，诗名《一切如常》。它可以确认一个事实：有诗意的人，生活会一切如常，但，生命的内容绝不寻常！

　　"生活不只眼前的苟且，还有诗和远方。"其实，远方在远方，更多的是在当下，它多维而非线性。诗意地活着才有绚丽的人生，它是一种对生存的礼赞，是人在追求生存过程中的宏阔而平和的胸襟。

　　《牵挂如风》，这是魏旭先生的远方。

2018年11月于秀水斋

序2

一叶枫红印染清浅岁月

付 慧

枫叶,为秋时最美。她以饱经风霜的磨砺,装点漫山遍野的秋景瑰丽;她以一片枫叶一片情,承载诗人书家的赞赏美喻。枫叶,为秋时最红。她红的光鲜、红的靓丽、红的热烈,她像一只只红色蝴蝶翩翩起舞,更似一幅美丽的画卷,生机盎然。枫叶,从春天发芽到秋天变红,历尽风吹雨打,健康的从少年走到晚年,在深秋展示自己的风采。

枫树生长对土壤没有较高的要求,扎根在乱石中,或扎根在高原,或扎根在低洼地。她以地为基,以露为水,在艰苦的环境中寻求立锥之地。

诗人魏旭的成长历程用一叶枫红作美喻实不为过。

魏旭出生在鄂尔多斯市达拉特旗白泥井镇(原白泥井乡),与我是同乡。父母亲是老实厚道的农民,二十世纪六十年代农民家庭出生的魏旭,家庭条件很苦,而魏旭从小就聪明,念书很刻苦,在同年级一直是前几名的学生。村里人说："要考出去就看哉小子吧！"上中学的三年多时间，由于共同的文学爱好，我和魏旭曾一起阅读、一起学习、一起进步，高考结束，我考上了伊盟财校，而魏旭则考入了一所师范院校，成为那个年代白泥井乡首屈一指的大学生。后来，我们上学、工作、成家、立业而失去联系三十多年，用魏旭的一句玩笑话说："不是马航失联，是同学失联"。三十四年后的2016年冬天，我与诗人魏旭在鄂尔多斯高级记者、原达拉特旗报社总编郭世乐先生创建的微信群准达文学群相遇，从此，我和魏旭重温少年不变的梦想和情怀，在文学方面，尤其是诗歌方面，开始了探讨、交流、互助、共勉。

今天，魏旭将他近四百页诗集《牵挂如风》样本放到我案前，嘱我写序，高兴之余，又给了我很大的压力。我用了两周时间静静地阅读欣赏，欣赏的同时让我感动着、回忆着、思索着、震撼着……

魏旭的诗集《牵挂如风》分八章，有春、夏、秋、冬，有红色记忆，有情谊悠长，有江山咏赞，还有世事感怀。研读他的诗作，给人的感觉是，他思维敏捷、涉猎广泛、视野开阔、胸襟放达。他的诗作小中见大，以点带面，上到国家大事，下到外出学习，工作意趣；大到雄鹰展翅，小到蜜蜂、蝴蝶、瓢虫；友情交往、人生历练等等。凡所见、所闻、所思、所感即为诗。可以说，魏旭的诗集就是他人生旅途的真实记载。这是他的一首《莫忘此春流光》：

珍藏吧
今日时光
鹅毛飞扬
雨与圣洁相傍
注定此情春长

一杯苦咖啡
两心若蝶翔
十年芳燕两茫茫
一朝相会诗成行

君鬓染雪霜
吾亦见沧桑
文友相会谁知倦
同仁共度此春光

你说人生美
我叙山河芳
来日放彩虹
对镜贴花黄

天若有情雪恋雨
雨雪和融吉运长
剪下一段非常春
扯上白云扮北疆

一席点拨顿开悟
有意今宵穿雨巷
劝君更尽一樽酒
携友深寐梦大唐

点开量子库
片时皆入仓
珍藏　珍藏
流年亘古飘香

　　第一、二小节写"珍藏吧/今日时光/鹅毛飞扬/雨与圣洁相傍/注定此情春长//一杯苦咖啡/两心若蝶翔/十年芳燕两茫茫/一朝相会诗成行"。第一节写出了诗作的时间，是在鹅毛飞扬，雨雪相加的早春。珍藏今天的日子吧！在这雨和圣洁相交融的早春，我们相聚在咖啡屋，此时的心情就像珊珊飞舞的彩蝶，想一想两只小燕子，在茫茫人生路上已经分别了十年，今天一见面就开始吟歌赋诗。第二节一杯苦咖啡交代了文友相约的地点是一座咖啡屋。诗中的"雨与圣洁相傍"为什么不写成"雨雪相傍"呢？这是诗人用词最妙的地方，用圣洁来喻雪，增加了诗歌的美感，让读者有一种晶莹剔透萦绕心间而干净澄明之感。"十年芳燕两茫茫"中的"芳燕"，有一个成语"劳燕分飞"，这里不用"劳燕"而用"芳燕"，说明相约的是知己，是文友，而且十年前，两人就在浩瀚的文学苍穹自由自在飞翔。结尾一句"一朝相会诗成行"，表达了作者及文友爱好文学的初心未改。

第二、四小节写"君鬓染雪霜/吾亦见沧桑/文友相会谁知倦/同仁共度此春光//你说人生美/我叙山河芳/来日放彩虹/对镜贴花黄"。友人已经两鬓染霜，我也历尽了人生沧桑，文友相会痛畅心扉，志趣相同的人在一起又岂能感觉疲倦，怨恨时间长呢？这里表达了两人相聚甚欢、趣味相投。给人一种此意绵绵无绝期、余生来日共欢畅之感。第四节描写了两人拉家常，共同叙述这十年间的工作、生活、家庭、甚至是儿女，还有祖国的大好河山。结尾两句"来日放彩虹/对镜贴花黄"中的"放"用得好，因为真正的彩虹只能是看，或者是观，而用一个"放"字，就让诗歌活了起来，显得灵动、活泼；当然"对镜贴花黄"也不是要指对着镜子梳妆打扮，我想，诗人这里想表达的是，来日，他们写的诗歌就像彩虹一样五彩缤纷、美丽壮观；就像对着镜子梳妆打扮的女子那样端庄贤淑、优美高雅。这里把作者对诗歌的热爱之情表达得淋漓尽致，让读者回味无穷。

第五小节写"天若有情雪恋雨/雨雪和融吉运长/剪下一段非常春/扯上白云扮北疆",这一节把景色写活了,给雨、雪赋予了生命力,写得好!天地有情,又或者冬天对春天的不舍,上天赐予我们就像雨雪相融那样的美好运势,我们为什么不剪下这一段美丽的春天,扯上一朵白云来装扮祖国北疆呢?这一小节写的波澜壮阔、大气恢宏,整首诗歌在这里出彩。

第六小节写"一席点拨顿开悟/有意今宵穿雨巷/劝君更尽一樽酒/携友深寐梦大唐"。文友对我诗作的点拨,让我茅塞顿开,很想今晚就在这雨巷的咖啡店饮酒作诗到通宵,劝文友尽兴地喝了每一樽酒,携友一醉方休,梦回大唐,因为唐朝是中国诗歌的鼎盛时期,诗人这样写,是不是也有在梦里与太白举杯论英雄?抑或,与东坡把酒问青天的想法呢?这里的"寐"字用得恰到好处,我想,不光是睡觉,还有酒酣之醉的意思吧!

最后一节写"点开量子库/片时皆入仓/珍藏珍藏/流年亘古飘香"。"点开量子库/片时皆入仓"

中的"量子"是一个物理力学方面的用词，只有物体被加热，它以电磁波的形式散发红外线辐射。当物体变得炽热，红色波长部分才能变得可见，也是微观物理变化最小单位。这里意为经过千锤百炼的经典诗、词、句一会儿就收藏在神仓里，这里的"仓"，谷藏也，仓皇取而藏之，故谓之仓，因藏祭祀之谷故称之为神仓。珍藏！珍藏！这飘香的似水光阴亘古留芳。这里的"珍藏"用了叠字，加深了与文友这份友情的厚重。这一节，表达了作者在诗歌创作中认真学习、取长补短，即三人行必有我师的谦虚态度，又抒发了作者笔耕不辍的创作决心。

魏旭的诗作意境优美、措辞严谨、语言缜密、情感真挚。

夜半初醒
期待这个不平常的清晨
断了片的梦境
依稀回映着儿时的闹腾

早餐的温热

在车里洋溢着晚春的激情

一脚油门

把昏盹甩离滚滚扬尘

驿动的心

碾碎了沿路的红灯

微笑的河流

述说着从前那个等

醉美达拉特

诗意早已用心装订

同仁文友相会

诗论挥洒着七彩人生

沉甸甸的挂包

诗行在里面好不安分

北漂的游子

终于找到了乡愁

找回了文脉知音

这是他的一首《寻找微笑的河流》，诗作的第一节就说明了。他是去参加一个诗会，而且，这个诗会对于魏旭来说是极不寻常的。"夜半初醒/期待这个不平常的清晨/断了片的梦境/依稀回映着儿时的闹腾"。半夜醒来，期待着一个不平常的清晨，期待着太阳能早一点升起，记忆中的一些不连贯的梦境浮出脑海，依稀回放着少年时期的天真烂漫，诗中的一个"闹腾"就把儿时的活泼、开心、欢乐表达了出来，让读者跟着回到了少年时期的嬉戏和喧闹中。

第二、三节写"早餐的温热/在车里洋溢着晚春的激情/一脚油门/把昏盹甩离滚滚扬尘//驿动的心/碾碎了沿路的红灯/微笑的河流/述说着从前那个等"，忙着赶路，连早餐都没顾得上吃，只能带在车上吃，早餐的温热仿佛把作者带回到儿时春末夏初的那一次激情澎湃中，一脚油门，就把一些由于半夜醒来的浑浑噩噩甩离了车尾扬起的扬尘里。急着赶路，几近误闯了好几次红灯，诗是会微笑的河流啊！将圆了多少年那个等的梦。这两节进一步抒发了作者对诗会期盼和激动的心情。诗中的一句

"碾碎了沿路的红灯"，作者用了生活中的一个"开车闯红灯"的行车违章，来隐喻作者因为这个诗会而不平静的心是我没有想到的。还有"述说着从前那个等"的"等"字，用得传神，在这里可以是等待、也可以是等候，还可以理解为，多少年来，有一个人一直在那里等着他，给读者无限的想象空间。

第四、五节写"醉美达拉特/诗意早已用心装订/同仁文友相会/诗论挥洒着七彩人生//沉甸甸的挂包/诗行在里面好不安分/北漂的游子/终于找到了乡愁/找回了文脉知音"。这两节是对整篇诗作的一个诠释，也可以说是整首诗歌的一个眼睛。原来，诗会是在作者的家乡举办，而且家乡一直在作者的心底装订成册。而且背包里好像也装满了诗歌，结尾点题"北漂的游子/终于找到了乡愁/找回了文脉知音"。这首诗歌写出了作者对家乡的水土、家乡的人文、家乡的每一草、家乡的每一木的爱恋与思念，抒发了一个游子对家乡的一份炙热情怀，读来让人感动、让人落泪。

魏旭的诗作还有一个特点是，诗可以当歌来

唱，结构严谨、语言凝练、一韵到底。

《梦回汉唐》："绿草苍苍/白露为霜/鸿雁南归/关中印象/作别蒙元沃野/再谒贞观盛唐/……朝为田舍郎/终念天子堂/万溪泾渭水/一汇成大江//粪土万户侯/功名了无常/滴滴积善水/朵朵永世芳"；"生在大草原/长在黄河旁/打小一起追白云/摘满鲜花饰毡房/……儿时的小伙伴啊/我心中的美姑娘/孔雀东南飞/鸿雁远翱翔/别梦依稀醉/回味好惆怅/借问长生天/君今在何方"（《问君今夕在何方》）；"八月的草原秋韵飞扬/蒙疆诗城牵我回乡/饮马黄河/将情意写在云上/连接成小雨滴/泼洒着彩于心芳//基层采风/走进美丽村庄/摘一片枫叶/寻回君儿时的模样/梦渡鹊桥/期期翘望/今夕莫问何年/乡愁总在田野与远方"（《秋韵诗芳》）。这些诗作语句平和，不娇柔、不做作，用语有情，乡情、友情、诗情、少儿情，这些满满的情怀，即使是描写激情澎湃的场景，也会在魏旭笔下、在作者的清秋时节娓娓道来，这样的意境，这样的情怀，几乎贯穿了魏旭的整部诗篇。这样的创作风格，与魏旭的生活阅历深广，工作经验丰富，一生淡泊名利以及他对人生的深刻感悟分不开。

　　出生在农民家庭的魏旭一路走来，从莘莘学子，到事业小成，想必应该也经历了不少压力与艰辛，但他不忘初心，不忘根本，以自己的方式过着常人的生活，平凡坦然、独享宁静、优雅淡泊，这是难能可贵的品德修养和精神境界，也是文人墨客应该保持的心态和境界。唐代诗人杜牧在《山行》中这样说："停车坐爱枫林晚，霜叶红于二月花。"停下来欣赏这枫林晚景，那红火的枫叶比江南二月的花儿还要红。是呀，最美不过夕阳红，愿今后的魏旭，像一叶枫红那样，在秋风的轻轻吹拂中沙沙作响，创作出更多更美的诗作，让自己的清浅岁月着色染墨，焕发出更加精彩的光芒。

　　　　　　　　　　2018年11月14日于雅韵轩

目 录
Contents

序1 《牵挂如风》——魏旭先生的远方 ············ 1

序2 一叶枫红印染清浅岁月 ············ 7

第一章·春逸思浓

新春踏雪 ············ 3

雨萌蛰醒 ············ 4

春　　原 ············ 5

春日随想 ············ 7

春　　晨 ············ 9

正月初七 ············ 10

花露春雨 ············ 11

何日君再来 ············ 12

春日丝雨 ············ 13

鹿城春语 ············ 14

风沙岂奈春光美 ············ 16

樱花雨 ············ 17

风筝节吟 ············ 20

动车观景	22
芜湖早行	24
春　风	26
晨起听曲	27
初和诗群	29
早春雪韵	30
春天的祝福	32
莫忘此春流光	34
雨夜咏春	36
大漠春天	38
春日应试吟	40
无题有感	41
燕走日升	43
春晓偶题	44
车行思驰	45
春的味道	46
春日诚邀燕归来	47
赠　友	51
分　别	52

第二章·夏荷听雨

雨候福音	55
观钓偶感	56
雨后踏晨	57
阴山渴城	59
湖畔散步偶感	60

感自微信	61
花果山游记	62
即兴赠友	63
雨　晨	64
子夜悟道	66
师生会	68
雨夜断想	71
依依琴声	73
听讲随感	75
学夜偶成	76
学习有感	77
献给五月	80
儿童节畅想	83
周末雨晨	85
雨　燕	86
缘	88
五月六日小感	89
夏日微笑	91
夏荷听雨	92

第三章·秋韵诗芳

放飞美丽	95
叶语童芳	97
七夕感怀（组诗）	99
教师节有感	101
秋日私语	102

春坤秋韵 ………………………………………… 105

踏　秋 …………………………………………… 107

清晨不忍别草原 ………………………………… 109

秋　意 …………………………………………… 111

教师节抒怀 ……………………………………… 112

雨夜秋思 ………………………………………… 114

独行雨巷 ………………………………………… 115

叶　雨 …………………………………………… 117

冷塘残荷 ………………………………………… 118

秋韵诗芳 ………………………………………… 119

放飞蝶花 ………………………………………… 120

期　待 …………………………………………… 121

静夜思秋 ………………………………………… 123

欢　聚 …………………………………………… 125

月大之夜 ………………………………………… 126

秋　思 …………………………………………… 128

思　念 …………………………………………… 129

秋天的网站 ……………………………………… 131

秋雨踏怀 ………………………………………… 132

蝶舞春坤山 ……………………………………… 134

第四章·冬雪梅傲

冬午咏叹 ………………………………………… 137

老　树 …………………………………………… 139

圣诞之夜静思 …………………………………… 140

牵挂如风 ………………………………………… 141

初雪盈欢	142
协商议政	144
雪中吟	145
赴呼途中	146
情暖报喜鸟	147
冬日瓢虫	149
今夜无诗	150
佳节吟情	151
热节冷群	152
党课学习	153
冬至偶感	154
《重温经典》观后	155
跨年畅想	158
随　吟	160
雪中情	162
无　题	163
梦断黎明	164

第五章·红色记忆

赴井冈山途中	167
井冈山抒怀	168
伟人之父爱	170
井冈赠战友	172
延安学悟	173
井冈咏怀	174
壮哉台儿庄	175

古田偶得 …… 176
沙场点雄兵 …… 177
秋学感悟 …… 179
松毛岭上悼英烈 …… 181
中国重器颂 …… 182
我从古田来 …… 183
悼女飞行员余旭 …… 185
七月颂 …… 187
乌兰浩特 …… 188

第六章·亲谊悠长

寻找微笑的河流 …… 191
让爱飞翔 …… 193
蝶梦飞扬 …… 194
问君今夕在何方 …… 195
和南岛先生 …… 196
两姑合影感怀 …… 197
和乐元 …… 198
姐弟合照题图 …… 199
梦雪思亲 …… 200
回友诗《孤独》 …… 201
乡愁随风而去 …… 202
心语如燕 …… 203
赞诗兄 …… 204
老方考古礼赞 …… 205
清明思亲（组诗） …… 206

梦见母亲	209
照片题吟	211
子夜轻吟	213
孤凉	214
与师院同仁欢聚	215
《大风》咏赞	216
子夜吟	217
彼岸思心	221
不朽的母爱	222
悼亡友	225
怀念	227
今天是你的生日	229
播种希望的妈妈	230
回老家过年	234
梦雪	235
无题	236
情思信息	237
遛书友群	238
游子思恋	240
拜见廉老	241
有感初中同学聚会	242

第七章·江山咏赞

草原脊梁	245
海边吟学	247
达拉特赞歌	248

赛汉塔拉	249
城中草原我的爱	251
天宫神鹰	252
布宫祈福	254
国庆礼赞	255
江南仿古	257
鄂尔多斯"诗歌之城"挂牌	258
暮秋边疆吟	259
八公山礼赞	260
灵璧县感叹	261
宿州吟	262
淮湖有感	263
心　语	264
古城诗韵	265
春和景明	266
观G20晚会	267
乌审旗颂	268
青山河东尽朝晖	269
九华仙山	270

第八章·世事感怀

神州一角	273
听诵《人间四月天》	274
梦回汉唐	275
观电子名画	277
公园荷塘	279

中秋即兴（组诗）	280
重阳观老年艺术表演	281
戊戌正月	282
元宵有感（组诗）	283
晨曦赏梦景	286
周末小感	287
雾霾吟叹	288
大学毕业三十年畅想	289
有感教改会	291
圣诞夜吟	292
一切如常	295
《我从古代来》读后	296
无题（组诗）	298
小楼北望联想	302
骑车奔驰	303
南望小感	304
世纪跨越	305
窗　下	306
潮落潮起总是情	307
路要自己走	308
我不知道	309
暑天偶感	310
偶成短句	311
节日感怀	312
甲午除夕	313

静夜思 ·· 314

午行偶感 ·· 315

批乱象唤新风 ····································· 316

观月全食 ·· 317

G20晚会和诗兄 ·································· 318

周末淘书夜读 ····································· 319

戏剧观后感(组诗) ····························· 320

乌审归来 ·· 323

端午随感(组诗) ······························· 324

两会顿感 ·· 327

短信赠友 ·· 328

清华学悟(组诗) ······························· 329

登天安门城楼 ····································· 335

雪晨情月 ·· 336

心蕴怀君 ·· 338

览微信小感 ······································· 339

炎月偶感 ·· 340

二连口岸吟 ······································· 341

赴呼动车有感 ····································· 342

后　　记 ·· 343

第一章 春逸思浓

新春踏雪

丁酉正月情暖扬,
满城春息意犹长。
忽闻昨夜寒鸭吼,
普天飞白披冬裳。
梦琴催我踏绒早,
掬雪洁颊嗅梅芳。
谁言娇燕归怀远,
银装素裹点秋香。

2017年2月22日

雨萌蛰醒

春姑静静来朔北,
蛰惊雨萌柳如美。
山高月小风抛絮,
君郎秉笔心不悔。
回思当年鬓染青,
书生意气浩志磊。
穿越时空岂言败,
大道铮铮天必给。

2012年3月

春 原

春天从树梢悄悄地发芽
拉开了一道长长的绿幕
各种车辆嗖嗖地穿梭
演绎着人生的忙碌
临窗眺望
赛汗塔拉公园披上了节日的盛装
蒙古敖包挥着手
招引着年轻的姑娘

片片新绿毡
潺潺小溪水
引来圣鹿欢淌
更有天海盈蓝如江
岁月苍茫
不知谁着彩
勾出了淡淡银白
像喷气式飞机
拖出了儿时的梦想
长长

这片草原
如此多娇
我不忍心踏入
谁甘心抹黄

这个春天
那般妖娆
我不忍心发音
谁甘心扰伤

2014年4月

春日随想

叩响了春的铃铛
你那靓萌的形象
在我心中缓缓滋长
蓝色深深的梦境
是希望发芽的地方

赤橙黄绿
挥舞泼彩
成就了仙幻的耀光
风轻云逸
韵溪自由漂荡
婀娜飞天
激活了亘古敦煌

莫说世事沧桑
天佑生灵
还是那么令人神往
又一个年轮
碾过了波波流畅

月公走了
无须期待什么奢望
七彩飞扬
心溢茫茫
明天依然将升起火红的太阳

2015年3月28日

春 晨

一

春晨谁嫌早,
花梦惊啼鸟。
心涛泛莲舟,
燕归舞诗岛。

二

早春三月露意浓,
怡国廊桥放彩虹。
雨巷娉婷展旗袍,
待得郎君共仙踪。

2017年3月15日

正月初七

太阳初升
小鸟方醒
悄悄来到你楼下
期望的窗户开启
玫瑰花却还在我手上

时空凝固
心花仍在绽放
梦蝶翩翩
叩响爱的铃铛

还在等什么
瑞雪报春
早已禀告上苍

2016年2月14日

花露春雨

灵猴叩春雨意萌,
淑女名花靓鹿城。
百年秦舟媛姝抚,
多彩旗袍落缤纷。
戴公雨巷侬候君,
寒北依依丝竹声。
油纸伞边缘心露,
鸿雁捎柳舞情风。

三月六日,应邀参加包头女企业家商会庆祝三八节106周年联欢会,饱赏鹿城女界精英们华彩绽放,有感而作。

2016年3月8日

何日君再来

春分润宵君如家,
十亿掌声再捧袂。
雨燕谐韵吟旧曲,
小城故事多奇葩。
回放迷醉甜蜜蜜,
独上西楼望筊花。
天籁凤飞伊人去,
梦寻仙踪泪洒崖。

　　三月十九日,正值春分日前夜,包头大剧院其乐融融。由全国实力派歌手,上海盛燕女士模仿邓丽君原唱歌曲《十亿掌声再现》专场演出正在进行。其间主持人提起原本同台演唱的台湾著名歌唱家凤飞飞已仙逝的消息,一时间,现场同声共唱了那首经久不衰的《何日君再来》,将演唱会推向了高潮。

2016年3月20日

春日丝雨

绵绵春雨润琴楼,
芳草才苏欲露头。
情雾茫茫掩娇枝,
北疆盎然莺展喉。
城中草原泼绿意,
三月桃花芳菲俦。
敖包暖风无醒处,
骏马神怡下扬州。

2016年3月22日

鹿城春语

这个春天舒雅而悠长
三八节的狂欢
现旗袍的典藏
一张油纸伞
仿佛穿越回戴公的雨巷

三月的轻风
牵我到图书馆的讲堂
这里才气四溢
诗情画意佳人古韵激昂

我静静地坐在一旁
默默地咀嚼回味欣赏
由衷地赞叹
鹿城的这个春天极不寻常

还有我的挚友
也在这个舞台亮相
这个春天有你
我依稀沐浴着和煦的阳光

你没有华丽的盛装
春雨晨露却将我滋养
种下了谐音韶乐
丹桂嫦娥诗雨愁乡

月满西楼
鱼儿嬉戏乐涌荷塘
红蜻蜓蝶梦翩翩
心雨星愿让爱飞翔

又将人间四月天
康桥眷刻了徐君的惆怅
纵情吟咏放歌
大善至美绚丽而芬芳

三月二十七日下午，有幸参加了包头本土诗文朗诵会，被现场的热烈气氛所感染陶醉。今又读微信美文盛景，感而吟之。

2016年3月28日

风沙岂奈春光美

春刚刚爬上树梢
风沙便裹挟而到
普天拉下大幔
整个城市被黄尘笼罩
哗啦哗啦
残枝败叶瞬间被吓跑

绿意笃定顽强
根本不怕什么妖风尘暴
义无反顾
毅然从土里、树上长出鹅黄
胜过江南春之曼妙妖娆
更彰显漠北春的刚毅节操

春姑娘唤醒我的思考
勃勃生机
孕育着宇宙的荣耀
来吧　来吧
让我们共同投入春的怀抱

2016 年 3 月 22 日

樱花雨

道别
初归的燕子
祝福
春意着北疆
沿着萌动的诗行
梦归江南水乡

烟花三月
绿草萋萋　　芳香
遁入伊园
寻找游子
绵绵长长　　情惘

春风习习
杨柳依依
青舟已过
邂逅早已成了
未着彩的画廊

樱花窃窃
叶雨沙沙泪下
对对鸳鸯
借问君在何方

怡园孤亭
孑孓彷徨
快门竞闪
捕捉不到往日时光

追意追随
凋零绽放
樱花挟雨
为何短剧收场

蒙蒙雨巷
那把油纸伞
寂寥徘徊
迟迟等不见
丁香一样的姑娘

星语心愿
梦不断悠悠霓裳
月满离楼
七夕情浓
天仙醉暖潇湘

　　武汉大学校园,观将谢樱花,叶片纷纷如雨飞落,感而咏之。
2018年4月7日

风筝节吟

痴情四月天
潍城仙筝节
纸鸢酣睡
雨意绵绵

丝丝牵牵线
云集众方面
莱州港湾
彩伞如练

纵歌碧海滩
渔女舞翩跹
激荡心梦
放飞美莲

铜仁同仁聚
相约醉草原
斟满美酒
拜敬孔爷

灵猴献祥瑞
祈愿喜空前
齐鲁尚德
五洲韵田

　　四月十六日，参加政协友好城潍坊国际风筝节，值大雨倾盆，彩伞遍地，就地起水，歌舞伴雨。

2016年4月17日

动车观景

长龙和谐
载着我的思念
延伸成流动的铁道线
别梦依稀
编织着城际的穿越

春柳丝丝
飘逸着飞吻和留恋
孔孟之乡
洋溢着仁爱与书卷

烟雨蒙蒙
记忆收藏着亭台楼院
廊桥遗梦
视频掩映着北欧的顾眷

樱杏桃花
让牡丹些许羞怯
心语吟咏
着彩点绘金秋朗月
闲云野鹤
放飞朝阳呼唤时光神鹊

出行动车上，观沿途景象，感人生万象。
　　　　　　　　　　　2016年4月17日

芜湖早行

又是一个早上
百鸟欢唱
朝霞初放
夜里的烟雨
洗礼了这个地方

看满城车辆
载着每一个希望
驶向不同方向
我新长的思念
也充满了整个车厢

芜湖无湖
依稀有些洪荒
陈旧的洋人教堂
晨钟清远又嘹亮
心爱的花儿
从逸园翘首探望
默默地怀想
在兰桥不停地疯长

清风袅袅
树儿草儿催醒得鹅黄
江南四月
孕育着美丽的梦想
唤回我久远的向往

考察芜湖，早上乘汽车去火车站，沿途看市内车流如织，观路边探头出墙之花儿，感而咏之。
2014年4月21日

春 风

北国春天别样，
大风狂肆横荡。
五月心絮漫天舞，
毕竟时轮流向。
龙公天意布雨，
旱市尘粒飞扬。
天道岿然谁可违，
绿意时时疯涨。

2016年4月16日

晨起听曲

早晨酣梦醒来
朋友的电话
将我带回到昨日的楼台
风雨扬舟
诉说着尘封的情怀

微信里的一曲《卖花姑娘》
又穿越回火红而热烈年代
叔叔买花吧
是那样凄美而无猜

慈悲不分国界
善良总在培育着人类胚胎
历史幕幕回放
太史公是否亦已无奈
天道本真
清风终将驱散阴霾

暖檐点滴
汇成溪流终归大海
你看那个小姑娘
穷苦但与花同在

太阳已升高
众亲们快快醒来

2017年1月2日

初和诗群

马兰花蕊心中开,
翩翩彩蝶入梦来。
游子离别经霜雨,
春秋几多惹尘埃。
鸿雁思归呢喃咏,
沿河漫柳舞韵台。
此番乡愁群英许,
周礼韶乐上古哉。

2017年2月13日

早春雪韵

早春的雪
是对冬日的回忆
飘飘洒洒
洁白了年轻的梦乡

赛汉塔拉公园
远馆近树
满目银装
让我寻回童话的地方

马头琴广场
闪烁着团团火炬
点缀着撮撮绿意
有梅花在凌寒绽放

几个草原丽娘
红衣绿纱
张开双臂
拥抱沐浴着春露朝阳
让快乐自由飞翔

三脚架单反机
似大师在演绎
仿佛交响乐之畅想
浓缩倩影成为春的模样

情鹿呦呦
远远艳羡着向这边张望
那些蒙古包
洋溢着和煦的北疆

叽叽喳喳的报喜鸟
也想凑凑热闹
喜鹊登梅
活化成七彩画廊

看那个红衣少女
将长围巾轻铺在雪上
从包里捧出爱心
轻轻地将米粒撒放

早春雪韵
奏响着慈爱的华章
江山如此多娇
美景缘从这里芬芳

2017年2月23日

春天的祝福

三月的小雨
淋淋沥沥
润醒了昏睡的春光

咿芽吐蕊
杨柳披绿
淑女长发芬芳

群英荟萃
学院朗朗
诗情在此激扬

调好焦距
静心聚光
照亮旗袍姑娘

衣波缓缓
声浪滔滔
华美曼妙罗裳

彩虹似的油纸伞
期盼已久
为伊轻张
梦回盛世大唐

写意江南
轻舟漫溯
桨声灯影茫茫

情鹿呦呦
琵琶依依
思念张开了翅膀
雁燕和鸣
雎鸠关关
期待来年与远方

参加2017年本土诗文朗诵会即兴。
2017年3月21日

莫忘此春流光

珍藏吧
今日时光
鹅毛飞扬
雨与圣雪相傍
注定此情春长

一杯苦咖啡
两心梦蝶翔
十年芳燕两茫茫
一朝相会诗成行

君鬓染雪霜
吾亦见沧桑
文友相聚谁知倦
同仁共度此春光

你说人生美
我叙山河芳
来日放彩虹
对镜贴花黄

天若有情雪恋雨
雨雪和融吉运长
剪下一段非常春
扯上白云扮北疆

一席点拨顿开悟
有意今宵穿雨巷
劝君更尽一樽酒
携友深寐梦大唐

点开量子库
片时皆入仓
珍藏　珍藏
流年亘古飘香

2011年3月24日

雨夜咏春

在这个萌动的季节
我把痴情种在心田
一场春雪
融化成绚烂的诗篇
一晨春雨
萌发出诗的韵旋

于是
靓丽的旗袍
在古镇廊桥
娉婷静心抚弦
三月里的小雨
是鹿城的稀客
如此情逸绵绵

大街小巷
广场游园
倾心吟诵
天人同频和谐

梦寐春分夜
嫦娥歌舞蹁跹
燕子呢喃
滴答成淋铃姻缘

桃花杏花梨花
竞相争鲜斗妍
千树万川
檐水渐溶
汇成情泪涟涟

诗心梅兰
还是那么腼腆
含羞净放娇艳
尽在人间四月天
潇湘婉儿
婉儿潇湘
候君静待来年

2017年3月22日

大漠春天

你赶走了冬天
乍暖还寒
你露出了笑脸
步履蹒跚

你总嫉恨昨天
人们削去你的长发
甚至肆意地践踏
你衰老了
泪眼依稀
泣诉凝咽

于是
你似怒翻脸
把气撒成浑点
将绿撤离人间

你长吁短叹
扯起漫天沙帐
卷来一派茫烟
如此这般
人类岂有明天

终于
巨人挥手
黎民喧天
坚决守护生存空间
重新给你昔日的模样
如此这般
怎么样　怎么样

2000年5月18日

春日应试吟

透窗北望满昏黄,
车来人往似飞蝗。
三月春分几度绿,
燕儿未归尽苍茫。
学子游心迷离雨,
昂首再赴应试场。
人生考题年年有,
攻坚克难写华章。

2002年3月25日

无题有感

早上醒来
春意已到窗畔
北国雪融
几度乍暖还寒
将冬装卸下
添衣方知冷暖

一年算得了什么
草木人生深觉枉然
可谁又懂得
知天下攘嚷
时时似有许多期盼

望子成龙
艰苦挣扎
风雨多变
结果却早已定断

政治家玩牌
生灵涂炭
隔岸观火
鸭黄鸟语纷纷评判

一出出闹戏谢幕
新角又在登台装扮
古今如此
老子英雄
儿子必是好汉

千年演义
苦乐荣辱
即使再活五百年
也不过是一场梦幻

叶子落了
也将滋长出新灿
不要管它
将痛苦的时历彻底撕烂
大展新颜
尽情描绘
还其天高云淡

2003年4月6日

燕走日升

你轻轻地走了
留下一抹浮尘
蓝桥依旧
却少了昔日伊人
打开日记
枫叶尤静
都在诉说着
小城故事里的风景名胜
天涯海角
不远却也不近
归去来兮
紫雨叩响了神曲阿铃
风儿呼唤着小草
红日亦已冉冉东升

2003年4月17日

春晓偶题

旭日东升光满天,
雄鸡振翅报晨眠。
三月人间遍飞絮,
春风杨柳舞翩跹。
西子湖畔游人静,
壮士暮宿黄河源。
踏遍青山倚剑笑,
立马横刀转坤乾。

2002年4月11日

车行思驰

和风抚面神怡然，
细雨滋田心渊满；
芙蓉出水丹阳润，
青山着绿春媚蓝。

在包头去北京清华学习的火车上，观窗外春意盎然，为同学而作。

2010年3月29日

春的味道

清晨
旭光普照
到处洋溢着春的味道
大地放松
榆芽吐苗
坊间默默着欢乐的小草
风儿轻轻抚拂
痴情杨柳垂条
鱼翔浅底
雁来燕笑
盎然丽景赶早
潺潺流水
月满楼高
此乃仙境良宵
文人墨客休道

2013年4月17日

春日诚邀燕归来

春天
和煦融融
屋檐滴滴
冬雪冰挂
风铃叮叮
奏响童年
梦的幻化

春日
微风习习
杨柳依依
连成少女曼妙披发
小径幽幽
油纸伞馥郁着丁香
仿佛廊桥月下

春日
小雨沙沙
芽草嘻嘻
怡园吐蕊　点点鹅黄
敖包静静
期待不再是
鹊桥神话

在这个春天
我默默祈愿
归来吧
小燕子
你是春的使者
呢喃轻歌
舞动衣袂
对对　飘飘洒洒

小燕子
你是我儿时的梦幻
美丽的童话
中秋月圆时
爱的回报
缘是甜蜜的金瓜

小燕子
你是春节的谜语
邻居于我祖屋檐下
想你念你
盼着你子孙满堂
岁岁年年
追着太阳长大

归来吧
亲爱的小燕子
北疆三月
爱意飞翔
布谷雨韵
孕育情商

归来吧
我心中的小燕子
爱在这里
善意护驾
什么风浪也别怕
我在春天里等你
盼你快快地来吧

你那间小屋
依然安适胜厦
野心麻雀们
岂可独霸
爱在这里
你高高兴兴地安家
善意温馨
你快快乐乐地长大

2018年2月21日

赠　友

你没来
我期待
你到了
我还在
春和雪
难分开
手牵手
步同迈
你从天上来
我依大地怀
这个春飞雪
鸿雁情悄来

2016年2月13日

分 别

就这样
你就要走了
他也要走了
而我却心脉依依
彷徨迷离

时间的船儿
杨帆而去
心中的风儿
拂我依稀
茫茫人海
芳草萋萋
思念汇成一条小溪

清华近日学习,马上结业返回,忽觉倍感留恋,故而咏之。

2010年4月18日

第二章 夏荷听雨

雨候福音

你脉动着
激情的音符
披星戴月
田间乡愁的采风
丰富了古刹的钟声

仲夏的雨夜
婆娑着晶莹的泪睛
怎么会有污浊
决不容许一粒沙尘

台上的交响乐
凝聚了多少日月星辰
路总是有些许不平
世俗淹没了高洁
空灵期待着静夜
仙梦呼唤着黎明

仰天长啸
彩虹贯横
朗朗皓天
旭日东升

2017年7月29日

观钓偶感

泥湖　浊水　芦花
小桥　荒草　旱稼
水裤泥腿仨俩
放钩撒网钓啥

塑袋盛汤未扎
方瓶鱼儿成家
香饵水中浮动
岂知梦里钢叉

夜来黑鲤雀跃
成群金鱼戏耍
吾祈上苍泽厚
善男信女放她

忽见苇间小鸭
往悠天地甚狭
还在留恋什么
快快飞吧飞吧

每天中午单位食堂饭后，同事们一起在院里散步，今见有人垂钓，小鱼上钩，又见小野鸭在芦苇丛游戏，感时光如水，世事无常，唤真善之美，盼生灵和谐如家。

2014年9月30日

雨后踏晨

地很湿
叶很潮
时空弥漫着氢二氧
旭日暖洋洋
从树身间探头望

踏着漉漉的雨道
油纸伞轻张
昨梦依稀
伊人飘逸着情丝霓裳

夜半微信
仿佛多维穿越
静谧着古老的村庄
曼妙婉在心房

墙角的小野花
诉说着沁人的芳香
心儿默默地
在爱的五线谱上自由流畅

盛开的今天
把流年装饰得透亮
甩开双桨
去追逐那悠仙的时光

2015年6月26日

阴山渴城

阴云密布
天罩锅幕
苍穹远树
雷云暴怒
虚张声势
车流穿路

北方旱城
滴泪如注
祈求苍天
南水北顾

润吾心田
甘洒喜露
爱摩众生
福佑眷护
叩主隆恩
大道法渡

乙未陆月初一下午下班后,窗外瞬间乌云密布,雷声大作,建设路车流如织,机关院内行色匆匆,城中草原(赛汗塔拉)绿野盼露,但觉雨意欠浓,似欲来又悔,水幕无踪,故感而吟之。　　2015年7月16日

湖畔散步偶感

去年此刻花始开,
今朝虫草嘻相偎。
微群精英湖边走,
芦苇点头祥云哉。
野鸭往来交颈啾,
小桥戏水金鱼凯。
幽廊静绎仙子梦,
青龙白虎佑英才。

2015年6月30日

感自微信

夜未静
心欲声
亲把碧珠投入群
飞浪花
和瑟鸣
谁言空港扬帆尘
眺远山
念燕行
独上琼城抚古琴
阴云散
天放晴
望断天涯祈旺京

2015年7月16日

花果山游记

白云深处有奇峰,
花果山上无大圣。
苍松怪石相叠嶂,
倒回亘古寻异梦。
久旱溪干青草渴,
经年老榆挺刚正。
纵得唐僧赴天竺,
尔来此景徒遗恨。

2015 年 7 月 31 日

即兴赠友

又到人间四月天，
春梦依稀彩云鲜。
邂逅丽君再回首，
心语欣愿赏月圆。
吾意研磨点秋菊，
草醒莺歌舞蹁跹。
夏虫默默忆康桥，
倾心着绿谱诗篇。

2016年3月25日

雨 晨

路在山上
丛林把所有围挡
鸟儿不歇地歌唱

坐在南窗
静静地向天眺望
这是北方的南方

小雨过后
蜗牛纷纷爬到路旁
行者的脚步些许慌张
未将好风景慢慢欣赏

花裙子姑娘
荷花伞浅浅举在肩上
昂首挺胸无意张望
独自行走在雨巷

那不是你吗
梦中的娥皇
摘一朵祥云
带回满月希望
归去来兮
南燕断望

衷心地祈求上苍
愿君自由翱翔
不带走一丝惆怅
飞向那初升的太阳

2016年4月20日

子夜悟道

夜未深,
楼拔高;
艺术之殿堂,
沁馨之味道。

花不多,
草初绿;
年轻之头饰,
沉淀之光照。

七彩斑斓,
五人班套;
大漠之遗风,
先秦之港澳。

遁入虚无,
大国卫教;
流连滋顿悟,
逐梦在此靠。

无以觉醒，
向天祷告；
掸尽周身之尘埃，
静净专心以光耀。

往事依稀，
回首魂绕；
叩拜天竺之佛陀，
弘法宇宙于真貌。

2016年5月6日

师生会

清晨
星星走了
天空还伴着淡淡月光
云儿依恋
梳理成蓝蓝远方

吹拂徐徐
轻风汇聚
述说着诗的心芳
记忆的书签
留着那个午后发梢
盈盈的余香

昨夜依稀
梦译有些许忧伤
多情应笑我
窗下傻傻地露裳

那时是一个谜
朦胧的隧道
深深地掩映着
初升的太阳

你知道吗
其时也是梦启的地方
廊桥琴亭
娇花儿欢快地绽放

一封情书
穿越绵延而悠长
月光下
一壶奶茶
围聊窃窃在西操场

二十八年过去
我们还能说些什么
瑶琴重奏
两鬓染霜
情谊连绵而源长

人生漫漫
转瞬间地老天荒
青山依旧
劳燕分飞
校园仍书声琅琅

一碗老酒
半根香肠
齐声吟诵大善篇章
缘远天成
守望相助
同频让爱飞翔

2016年6月19日

雨夜断想

这个夏着实有些惆怅
七月流火
闹剧在大佬的桌上
演绎着霸主的魔棒

乱云飞渡
神鹰依旧在太空翱翔
天公恸怒
搅动了东海龙王

大雨倾盆
沃土几成汪洋
心海涛涛
尘埃随风逐浪

蛙声呱呱
挚友还在迷恋午后绿廊
亭台如昨
倚栏是否又有新装

情语绵绵
诉说着四季的彷徨
淋铃叮叮
摇奏着驼队的悠扬

此刻流年
兀自听雨临窗
你还好吗
诗原来就在远方

亦雨亦禅
任风拂树
让思绪恣意流畅
孔雀东南飞
鸿雁来时春蕴方长

2016年7月24日

依依琴声

炎炎烈日
朗朗长空
茫茫草原
依依情踪

身卧安怡宅
神游四海村
仲夏灸午吟鸿雁
期秋天高放彩虹

袭袭西口风
声声泪别行
望断天涯相思鸟
梦别柔荷不了情

斟满牧歌酒
跨马焉用蹬
长调缒延蒙高艳
由缰紧握苏鲁锭

童驹舔母泪
奋蹄向远征
我叩苍天降祥符
德泽九州虎鸣金

炎炎烈日
朗朗长空
茫茫大地
依依琴声

2016年7月31日

听讲随感

四月周休好风光,
鹿城书友习学忙。
桃花灼灼杏花雨,
中华文化满庭芳。
古稀学姐勤为径,
明清小说了如常。
谁言我朝多商贾,
比邻四海涌书郎。

2017年4月9日

学夜偶成

五月夏花初长成,
南国红豆已发莘。
求知岂叹路径遥,
书山风雨总兼程。
昔年种柳依汉南,
劳燕分飞惹浮尘。
梦河莲诗谐韶乐,
魂渡远方天佑真。

2017年5月9日

学习有感

一

七月流火热谊扬，
君临东海觅仙郎。
势破天下第一关，
岂怨红颜惹情殇。
回首古来举霸业，
华夏唯数秦始皇。
满月绿意朝花雨，
观海听涛一路张。

市政协组织在北戴河全国政协培训中心学习，在结业典礼会上即兴。

2013年7月12日

二

濯洗北国的霾尘
把五月装点成
诗韵与书城
轻装上阵

传说中的小渔村
早已无痕
崛起的大都市
记录着那个画圈的老人

处处年轻
犹夏花如此淡定
泼色成绿
彩画成南疆的华城

晨钟暮鼓
和瑟共鸣
音符律动
爱之浪花如此无声

太阳公公探出头
灼热顿时穿心
满街茹伞
瞬间大雨倾盆

草原的学子
没带走一粒沙尘
感谢长生天
为我们点亮了
幸福的长明灯

大漠之魂
早已在岩画上
留下了串串脚印
心爱的马头琴
将大美长调
绵长悠扬博爱而情深

2017年5月11日

献给五月

五月是一枚绿叶
君认真地摘选
将色彩斑斓予我
诗便在上面着芽生长

五月是一次游学
与北归的燕子相遇
打开努力的心房
将智慧装满行囊

五月是一把油纸伞
烟雨蒙蒙
寂寥的雨巷
再度洋溢着戴公的期望

五月是静夜
是那张弯弯的月亮
美好的时光
迎接着初升的太阳

五月也是色彩缤纷的旗袍
美丽与馨香
让我们目不暇接
激情澎湃如浪

五月更是祖国的丽娘
她翩翩走来
轻吟浅唱
深深地驻入你的心房

五月是诗
也是田野与远方
酣梦迷漫
把酒放歌纵情高亢

五月，激情的五月
叱咤风云
一带一路峰会
振兴的号角坚定而铿锵

五月，火红的五月
是记忆的扁舟
是历史的徜徉
是心灵的绽放
是真善美的海洋

五月，你挂念着四月
又将六月展望
更将流年无私地带上
时刻彰显着你的辉煌

我的五月
是爱的华章
是黎明开启的梦想
吾将深深地将你珍藏

2017年5月29日

儿童节畅想

这个儿童节
开启了我儿时的梦想
夹在书里的叶子
纷纷跃动
诉说着童年的春绿秋黄

那些老课本
演映着严肃而又顽皮的课堂
桌上的三八线
让双面写的作业本无处摆放

课间操
追打成了顽童的形象
老师好严厉
总是透过厚厚的眼镜片盯望

雷锋的故事
那是无名英雄的榜样
半块破橡皮
常常被断头铅用上
泛旧的红领巾
像小兵张嘎一样高尚
昏睡的日记本
透着红色思想的灵光

为了看那场电影
早早地用小板凳将座位占上
闪闪的红星
潘冬子就是努力的方向

弹指几十年
而今却有些许迷茫
检索回味
跟着电视再把儿歌吟唱
初心不改
壮志辉煌
跳一支圆舞曲
再次把青春芬芳荡漾

2017年6月1日

周末雨晨

晨起的天空有些阴沉
细雨淋地田野蒙蒙
昨夜依稀
恍见二老双亲

不知什么日子
阴阳瞬间如此之近
莫非原是双亲节之音频

我不敢回放
长夜漫漫
夏虫低鸣
荷塘映月含星

我轻轻地呼唤
又现美丽的黎明
一只彩蝶
翩翩飞进我心

2017年6月10日

雨 燕

六月的夜
酝酿了一幕上天的水帘
周末的清晨
向七月报道了星语心愿

烟雨蒙蒙
成就了朵朵小露滴
天地牵手
荡漾着飞翔的雨中燕

动画中
一个个年轻生龙活虎
一张张笑脸烂漫蓬勃
矫健如梭
轻盈似风
五彩斑斓
衣袂飘旋

党旗飘飘如焰
威风烈烈闪电
雨润诗情妙曼
琴醉童话仙界

雨燕是诗
发散于油纸伞
洋溢在心田
装点成五线谱
幻化成七彩虹
梦蝶郎朗翩翩

我的雨中燕
自由飞翔吧
你是高尔基笔下
更是我们心中
英勇搏击的海燕

2017年6月26日

缘

迈着轻盈的步伐
缘你飘飘而来
面带桃花
口诵天歌
手里扬着欢乐
眼底荡起秋波

透着甜甜的微笑
缘你亭亭而立
衣带拂飞
幽兰沁脾
春风润意
杨柳依依

多情笑我
梦断廊桥
随圆缘随寸草醉
迷失了自己
不知东西

2000年5月25日

五月六日小感

雨,淅淅沥沥下个不停
春,高兴地呵护着万物生灵
风,轻轻地吹绿了草坪
柳,摇摆着窃窃私语欢欣

天人感应
大自然造就了世事凡尘
瘟虫作祟
充其量也算不上什么典型

看白衣战士
与人们在火线英勇地斗争
赛先生冷眼探察
华佗注定会再生

慈善的世纪老人
折了一只纸船
用明烛点燃
照天痛焚
牛鬼蛇神
混账即将算清
重现昨日那母意温馨

2003年5月6日

夏日微笑

柳如是
长发飘飘
夏天　一夜悄悄露出
微笑

江南　绿妆浓墨
塞北　雨润廊桥
诗情画意着人间美妙

溪水潺潺
燕舞雀跃
梦中仙境依稀
雪玉娆俏

朝霞金光万道
良辰如此多娇
青天永不言老
举世英雄竞折腰

2013年5月5日

夏荷听雨

昨夜微雨舞清风,
满塘荷语喜煞人。
芳草静静虫蛙许,
馥花依依鸟鱼萌。
林中雀鹊交颈欢,
苇丛野鸭相邦诚。
痴情红伞为谁张,
廊桥雨巷琴笙吻。

2019年7月16日

第三章 秋韵

诗芳

放飞美丽

雨后　江南
歌舞的联欢
深深　镶嵌
空灵灵心坎

你在等我吗
电梯一升
似一枚枫叶
静静像星火忽闪

秋溢　七彩
彰昂北国旗袍的风采
彩虹当舞
霓裳幽兰
仿佛穿越回大唐长安

一柄文星扇
在夜空回还
我的油纸伞
早已为君舒展

轻轻　放掌心
蝴蝶花开
放飞平安
放飞君至灯火阑珊
自由博爱
不应只在今晚

小萝卜头
你也飞翔吧
晴空朗照
美景永远在向你呼唤

　　在遵义学习时一天回楼见电梯口一对彩蝶，似飞又难，担心行人不注意踩伤（亡），故将它们助力放飞，有感。

2016年9月26日

叶语童芳

秋渐深
叶愈黄
鸿雁队队向南翔

芳草地
硕果香
机声隆隆收获忙

学童逗
心向阳
结伴纷纷作收藏

乐园中
异彩芳
童心片片呈诗行

花蝴蝶
稍思量
成双翩翩舞未慌

儿时梦
虹桥旁
笑语朗朗美飞扬

今时月
皓如常
众星期期溢流光

同学们
快快选
放飞叶语向远芳

2017年10月15日

七夕感怀(组诗)

七夕有感

(一)
鹊桥河畔未见郎,
织女戚戚暗神伤。
当年夫君梦依稀,
牛娃而今费思量。

(二)
遥想昔年相思苦,
怨女傍款成织娘。
可怜贫男艰辛路,
代代耕犁亦如常。

(三)
日出夜息徒劳役,
卧槽方知命坚强。
垂垂织女今被弃,
恨悔潘安唤牛郎。

(四)
天父不公遭此运,
七仙哪个怪玉皇。
大河东去俱往矣,
今夕唯念王母娘。

2014年8月30日

七夕感怀

天宫滴滴喜幕升,
人间七夕花慰城。
去年今朝虔藏寺,
祈期丝雨佛启门。
求得一樽天河水,
鹊桥再会湿恨身。
谁言痴情月缺时,
梁祝化蝶恋彩云。

2016年8月9日

七夕题

昔人七夕鹊桥会,
今朝牛郎迷情醉。
玉女经年哭苍天,
世捧金元摒玫瑰。

2012年8月23日

回应文友

年年有七夕,
岁岁渡鹊桥。
天洒卿卿泪,
滴滴终汇潮。

2016年8月9日

教师节有感

甲子金秋硕果丰,
教师佳节月满升。
回首当年执教日,
幕幕蓬勃焕天真。
秉烛爬格备新课,
一气呵成到天明。
曾言学高滋幼孺,
再拜至尊孔圣人。

2014年9月10日

秋日私语

这个秋有些羞涩
在农田里深深地低着头
向大地鞠躬
在林丛里绽放着脸
是那么溢彩浴流

拉开天野金帐
云淡风劲
刷刷的叶子
诉说着往日的雄赳

雁儿列成人字
欢快唱着歌儿
留恋不舍向南悠游
夏却不想走
总似老虎恋山般逗留

上帝理应公平
可为何未予更多时空于秋
冬也是个急性子
呵着个寒冷的手
正在匆匆向北国赶路

秋依然那么淡定
不想找出任何多待的理由
忙着归仓入库
盼着来年再来回头

似有些许伤感
泪雨忍不住蝉啾
多心汇成琴愁
沥沥淋铃不休

柳词人稍显深沉
戴公子却在雨巷
望穿秋水
傻等着那个打着油纸伞的女幽

丝丝水珠
纷纷扭着发梢
演奏着痴情曲
成就了志摩的风流

秉笔饱蘸浓彩
挥洒当空长虹
呼唤着我的心灵之愁
这个多情之雨秋

2014年9月17日

春坤秋韵

傍晚的云儿
泽晕了一抹红光
我追逐着秋风
轻轻呼唤
田野与远方

怀朔的金葵
低头膜拜着
将别的太阳
雁鸣声声
律动着飞驰的车窗

羞涩的小镇
诗意滔滔于会堂
丝丝秋雨
激活了枯草
绽放了葛桑花之芳香

一张张油纸伞
和韵着旗袍姑娘
塞外古城
演绎了柔春
渡回了戴公的雨巷

孤明的街灯
默诵着寂寥与惆怅
冷艳的月儿
依稀我儿时的梦想

春坤秋韵
已在今宵滋长
大美在心
编织成彩虹
迎向初升的曙光

下午下班乘汽车急着去固阳参加钢铁城诗社诗会，一路观秋景向往春坤山之美，感而吟之。怀朔，古镇。

2017年9月2日

踏　秋

叶子唰唰
三三两两
飘飘洒洒
情愿不情愿
纷纷扬扬落下

小路着装
将黄金甲披挂
红日初升
光柱斜穿丛林
温暖了秋的脸颊

漫步小径
像踏着彩虹沙沙
游雁南飞
天写撇捺
遨游祥空
欢快地嘎嘎嘎嘎

夏就这样走了
秋铺天盖地
恕恕私语
偶尔有些肃杀

云淡气爽
骤冷并不那么可怕
等待春吧
世间很快会发芽融化

2014年10月28日

清晨不忍别草原

太阳初升，
牛羊刚醒，
草原依然恬静。
苍山醉卧，
蓝天空灵，
白云仍旧轻清。
我望草原，
小溪阵阵，
百花含笑回应。

啊！梦幻草原，
心灵牧场，
仿佛人间仙境。
虽已上车，
即将启程，
君等岂垦离定。
流连忘返，
调焦定镜，
时空融入生命。
再见了草原，
再见了清晨，
告别不久再幸！

歌词。早晨五点多，从草原返程，一路青山绿水，牛羊在静静地、幸福地吃着露草。举目远山近景，高低错落有致，云、山、树、草、溪……构成了一幅欧洲样丽景，太阳从东边山间冉冉升起，好不惬意，激动赞叹，即兴成吟。

2015年8月29日

秋　意

秋风秋雨秋意浓，
鸿雁相思红叶羞。
山前月夜蝉声密，
云淡风轻梦仙游。

2014年10月20日

教师节抒怀

今天是你的节日
我轻轻地呼唤
多少肺腑的祝福
挽成长长的莲串
三十一个此日
凝结着你的心血
温暖着一个个童心
把芽苗滋滋浇灌
你银发满头
还在深夜的灯光下
印刷着流年的期盼
桃李满园
硕果沁馨
是奉献给共和国母亲的圣诞

先师孔子
缓缓而来
穿越时空为你点赞
回顾阅历
眺远遥看
成就了我灵魂的涅槃
身正吾师
学高吾范
鞭策我敦诚向善

2015年9月10日

雨夜秋思

时近中秋雨意浓，
月隐冷宫几多愁。
问君堪寝平凉帐，
雨为芭蕉枫叶嗖。
夏虫蛰伏相拥暖，
鸿雁南飞盼锦州。
孤帆风影霜鸦啸，
大爱驼铃歌醉楼。

　　气温骤降，狂风大作，黄叶纷飞。秋雨似乎流连忘返，要补上一夏之忧愁，连连渐渐沥沥下个不停，阴沉沉的天，顿觉心情有些压抑，即兴叹吟以抒情。

2015年9月29日

独行雨巷

独自行进游园小巷
冷雨沙沙
毫不留情打在脸上
这是江南吗
连阴雨撩起万条愁帐

又似穿越
旧上海那个雨巷
油纸伞姑娘
你是否还是那么漂亮
花旗袍衣袂飘飘
吸引戴望舒们直目眺望

金陵春梦
锁不住爱的滋长
秋风嗖嗖
吹落了心中的骄阳
姗姗而来
轻轻而去
走得却那么迷茫

看那个蒙古丽娘
步履矫健
洋溢着典雅与大方
华仔华发
放歌颂美
回归后的大国重港

《冷雨》已不必再唱
远巷深处淌出
马头琴的悠扬
唤起了我儿时的梦想

扯一束雨丝
编织着一串串的希望
手拉着心的铃铛
望不断古老的村庄
出山的路好慢好长

哦　华灯初上
这个城市尽现五彩佛光
演绎着现代模样
花红柳绿
累累硕果金黄
明天的喜悦已开始荡漾

2015年9月30日

叶 雨

昨夜起大风,
寒露好凄清。
叶雨纷纷下,
遍地铺黄金。
晨醒迎朝阳,
踏草振气神。
火炬银花树,
飘红色纷呈。
谁言秋思语,
春梦盼绿生。

2015年10月21日

冷塘残荷

秋驻荷塘冷凄清,
田岸渺影亦无音。
月挂西天期嫦娥,
桂花酒干谁抚琴。
荷枯花谢举果盅,
满塘静净雨打萍。
文秀泼墨怎成画,
丽人美景在吾心。

2015年10月18日

秋韵诗芳

八月的草原秋韵飞扬
蒙疆诗城牵我回乡
饮马黄河
将情意写在云上
连接成小雨滴
泼洒着彩于心芳

基层采风
走进美丽村庄
摘一片枫叶
寻回君儿时的模样
梦渡鹊桥
期期翘望
今夕莫问何年
乡愁总在田野与远方

2017年8月27日

放飞蝶花

我回乡省望
你遁入我天窗
不知你怎想
我悄悄把你带离了村庄

在陌生城市的花园
我轻轻放你飞翔
你跳出农门
从此走进喧城的围墙

夏很快要过去
秋似等得心慌
你快快飞吧
趁花儿还在开放

2015年7月19日

期　待

太阳升起很高
我静静伫立廊桥
青草半漫
君候是否有些心焦

天河波宽
超度梦海回潮
牛兄苦耕
农场笛悠鸡叫

苦苦等待
幸福时光嫌早
一年一度
仙女痴痴而声悄

真情永恒
七夕洪荒而不老
仰望南天
爱的云梯长跨神岛

衣袂飘飘
望不断凤舞凰霄
月盼星许
待君呼唤恋韵发梢。

2016年8月9日

静夜思秋

这个秋
张开梦想的翅膀
披着斑斓的云裳
从北方到南方
又从南国回归北疆
肆虐的台风
未曾改变她的模样

喧闹的都市
她悄悄在公园躲藏
有时也爬到树上路旁
我心灵之秋
原来还在乡愁农场
在牧野茫茫

她长发飘飘
穿着枫红金装
沉甸甸
亭亭玉立
深情而悠扬

我默默地期待
她莅临轩窗
秦雨滴滴
风铃清唱
凝聚成千古胡杨

晨钟声声
驼铃交响
大漠之鸿雁
结队南航

蒙古汉子
痴痴地翘望
有些等不及
丽人梳妆

诗在心底滋长
思念还在远方
云卷云舒
梦成来年的鹅黄

随市政协培训班赴古田学习，途经厦门，正值台风刚刚肆虐，整个城市树断墙倒，顶破瓦落。回包头对比金秋之美丽，感而咏之。

2016年10月3日

欢　聚

七彩云南雨芳香，
梦回大理吻丽江。
昔日醉吮蝴蝶泉，
情飞翩翩酒锯肠。
其时漠北秋叶尽，
君临心花喜韵赏。
莫道绿野春意短，
情海逐波锦瑟张。

2016年11月12日

月大之夜

今夜星光灿烂
月宫热闹非凡
花灯初上
微信便切切呼唤
千年等一回
终于等来一个大月亮

心海亦随之荡漾
约你
累跑了一天也没忘
而你说加班还在网上

君如此繁忙
是否也顺便瞧瞧屏上的月光
那是我发送你的
满满的期望

拉开窗帘
顿觉秋冬之凄凉
你那里是否亦冷如霜
披上吧
我贴心的暖裳

做一个梦
明天还你
蓬勃而出
更加光明的太阳

2016年11月14日

秋　思

秋雨绵绵
秋意连连
心语音符
滔滔联篇
扯不断的雨点
掉不绝的落叶
滴雨淋铃
霜打蕉夜
网站归依
任凭雷鸣闪电

2000年9月4日

思　念

十字街头
灯火阑珊
有位佳人
仿佛倚栏

夜来风雨
小桥依然
泪眼婆娑
红颜璀璨

如梦依稀
稍逊即闪
迷定东西
蓝桥魂断

皓月嫦娥
吴刚期盼
天上人间
浓情妙曼

花好月圆
异彩光灿
地老天荒
春意永焕

2000年7月13日

秋天的网站

打开深思的电波
渡到秋天的网站
闪闪烁烁的启示
一双双眼睛在与情感交换
春天依稀的底片上
光和着七月的伙伴
南飞的燕子啊
留下了一行行亲切的期盼
天高云淡
嫦娥携月轻轻下凡
所有的都过去了
终于凝结成一串串
沉甸甸的七彩虹幔
所有的都逝去了
终于
汇聚成一页页
亘古不变的灿烂

2000年9月8日

秋雨踏怀

秋雨淋铃
叮叮　叮叮
落叶诵吟
梳理着我的心

马路上
车来笛往
溅起了一片片浓情
荷伞绽开
述说着一段段爱神

绿园小径
有儿郎漫步
雨滴滴答
细细地按摩
饱尝风雨的人生

白露依稀
梦里几度秋分
杨柳千条
漫忆吴带当风

琵琶犹抱
嫦娥袅袅渡出玉门
月老儿下岗了
吴刚捧洒菊花盈盈

雷公开怀畅笑
太阳甩出一抹彩屏
天马舞魂
归去来兮
归去来兮
雨滴敲响谁家风铃
叮叮　叮叮

2001年8月28日

蝶舞春坤山

戊戌八月百花嘻，
祥年秋分万绿欣。
草原燕语彩蝶舞，
田园莺歌情醉琴。
青钞帐里长故事，
敖包台上祭长生。
一袭旗袍点秋韵，
漫山春坤泼乐营。

2018年8月8日

第四章　冬雪·梅傲

冬午咏叹

你偷走吾心
把情留在钢城
朔方的冬季
圣雪　仙梦
眨着年轮的眼睛

大剧院　交响曲
演绎　春之声
维也纳　金发碧眼
青春圆舞曲
协奏花季的空灵

精神盛宴　丰盈
迷醉了温柔
开启了心怡之窗
悠长了白色净静

阴山的雪花
拓实了钢岩　脚印
长城种着童话
缘来诗已融冰

火烈鸟　红焰
点燃彩虹　黎明
灵魂忙碌了一夜
背上快乐天明　远行

2017年1月5日

老 树

门口老树
昂首　挺拔　高矗
屹立如柱
经霜沥雨
从容如故

风吼雪怒
寒严暑酷
绿女歇脚
红男光顾
岿然乱云飞渡

多抱难围
年轮岂数
沧桑冷眼
笑看尘世竖目

亘古哨兵
天神佑护
借问春秋几度

公园门口一棵老树，经年已久，干曲皮皴。但树干上天成"眼睛"，看着先前红男绿女们刻上的游记，好有沉淀。境界！　　2014年11月18日

圣诞之夜静思

夜已深
人未静
黑打窗棂
孤车行

圣诞日
狂欢情
墨男痴女
梦流星

醉床卧
颅拥巾
冷月贯莹
思故人

听沧海
思意真
倾泻寒风
孕春生

2014年12月25日

牵挂如风

不要悲伤
快去看看初升的太阳
尽管气温骤降超常
小棉袄也会派上用场
这么好的空气
小树们在轻轻吟唱
打开心灵天窗
鸿雁猎猎飞向南方
牵挂如风
祈祷却在空灵中翱翔
傲鸟冷霜
梅花总在心中绽放

2016年1月24日

初雪盈欢

你步履蹒跚　终于
跨过长城之坎
飘舞浪漫在干渴城环

一度肆虐的顽菌
纷纷远遁
满城盈盈　童欢

梦境深邃　迷醉
凌霄　咏梅
浑圆了许久的期盼

还等什么
快快出来吧
圣洁　足印串串

松涛茫茫
枝头挂起了白帆
情鹿呦呦
诗袂飘飘　点丹

依稀仿佛
儿时堆雪　把玩
构筑蓬勃　梦幻
青山着意
华年与君妙曼

2017年一冬未雪,跨年刚过终于下起了雪。人们欢呼雀跃,好不喜欢。
2018年1月6日

协商议政

甲午冬月红梅开,
两会委员八方来。
小组讨论好热烈,
你方言罢我登台。
协商民主诤言多,
参政议政良策怀。
尽识庐山真面目,
同频共振总谐拍。

2015年1月22日

雪中吟

乙未临冬雪纷飞,
茫茫大地换银衣。
乐园顽童竞相戏,
塞北雪儿靓馨怡。
启晨踏絮追梦景,
遁入仙境寻幻棋。
几见神媛翩跹舞,
天赋人间大美诗。

2015年11月24日

赴呼途中

雪冬飞速顺阴山,
两岸茫茫未见岚。
草原枯荒风抛絮,
塞外烟霾拉灰毡。
穹下牧野今何在,
劝君还我敕勒川。
虔虔向天乞和雨,
蓝天白云伴君还。

2015年12月21日

情暖报喜鸟

2014年第一场雪
来得快而去得缓
纷纷扬扬
飘飘洒洒
将大地银装素裹装扮

游园湖畔
喜鹊叽叽喳喳
飞上飞下
正为无食充饥而寒战

我刚为之动恻隐之心
忽见雪绒花丝
绽开了一朵红色牡丹
似一团火
在凛冽中震撼

红衣少女
轻轻地将报纸铺开
静静地将米粒散乱
默默地健步走远
悄悄地翘首期盼

神鸟们奔走相告
秩序井然
我怦然心动
呼唤着爱善

吟咏救赎音佛
社会谐和自然
信女善男
就是常常的回环

洁水尚善
如美少女的斋饭
厚德载物
原本如这般简单

放生毕竟有些偶然
救命上苍定会点赞
敬礼　姑娘
让我们共做慈善典范

2015年12月21日

冬日瓢虫

你悄悄爬伏我窗
油彩大衣显得灰伤
三九天气温骤降
你似乎好生迷惘
路在何方
何处春光

一张白纸
轻轻地将你超度
花盆或许是你最好的温床
春节很快来临
你一定要沉醉往日流光
尽管瓶空茶凉
桌上还有半根香肠

同伴渐渐离亡
孤独也许正是你之冬装
静静地沉眠
酣梦醒来会当花草芽香

　　冬日见花盆边几个七星瓢虫缓缓地移动着,有的已爬上冷窗,有的在地上忧伤。不能让他冻死,误将踩亡,于是取纸一张,轻轻地将其捕到花盆,期其冬眠安详。

2017年1月9日

今夜无诗

今夜无诗有远方,
天寒雪韵午更张。
期期凌晓脆银铃,
冬梅咏春暖流光。

2018年1月27日

佳节吟情

此年佳节紫气升,
瑞雪纷纷落满城。
群里挚友竞心会,
奉上红包润友情。
敦心厚意几来去,
欢言笑语话人生。
问君彼岸几多愁,
流年真善引凤鸣。

2016年2月13日

热节冷群

今夜群英静悄悄,
岂缘洋节动风骚。
情女康桥羞答答,
痴郎献玫心若潮。
情爱港湾许谐愿,
何若同歌系红包。
人生放歌纵青春,
琴瑟和鸣竞周韶。

2016年2月14日

党课学习

初冬时节暖春阳，
党的大会清风爽。
鹿城学贯掀高潮，
公仆整肃聚课堂。
专家滔滔精解读，
教授据典开宗讲。
冷风施虐岂可扰，
热血澎湃勇担当。

2016年12月9日

冬至偶感

一

黄昏飞雪洗霾尘,
水饺锅中舞沸腾。
天缘有情赐长夜,
仁人志士曳时针。
世事如絮纷纷去,
大道如弦拨苍生。
酣梦喜会润甘露,
蒹葭白雾渡伊人。

二

昨日偶寻池边绿,
今朝瑞雪抚瑶琴。
飘飘洒洒凝絮雨,
轻轻扫尽浊霾尘。
谁怨冬至且稍寒,
喜鹊凌梅说寒温。
我劝天公行德法,
再振环宇佑善仁。

干部自主学习,洽赴首府呼市。在内大听完讲座,校园独行,偶遇池边草坪依稀点绿,近之细瞧,乃生命力旺盛,加之大树庇护,小草不忍枯萎,有感成(二),轻叹遇小雪纷飞,夜会同学,感世事如絮,人生如昨,繁华如灯火辉煌之夜,大道纵惯,东流如织,故感成(一)。

2016年12月9日—12日

《重温经典》观后

曲终人散
我独自行走在冰冷又寂寥的街上
仿佛间
又渡回了戴公的雨巷
今夜无眠
我的思念张开了腾飞的翅膀

一场文化盛宴
让我再次重温经典的梦想
来自全国的名家
在这小小的话剧舞台
将人类文明颂扬而演唱

时空穿越
让灵魂在古今中外飘荡
诗经楚辞汉赋
唐诗宋词元曲
起伏而又跌宕

茅屋为秋风所破
初冬的寒冷漫浸杜甫草堂
明月几时有
鹿城刚送走苏氏大月亮
苍松傲雪
红梅总喜欢在严冬绽放

在金狮剧场
我邂逅了那个丁香姑娘
那把油纸伞不知可曾带上
春天的故事伴奏着美妙的乐章

今宵难忘
沉默的康桥亦如往常
情圣依稀还站在那儿翘望
明年的四月天
不知徽因是否能翩翩而来
圆融这蝶梦琴场

百鸟朝凤
海燕矫健地在暴风雨中翱翔
神鹰七号回归了
我依然痴迷宇宙之茫茫洪荒

心烛已点燃
又何顾诗情画意与远方
尘世原本造化了灿烂辉煌
彼时此刻属于你
恰当天赐君灵意之方向
快快回返现场
周礼韶乐依旧朗朗悠扬

2016年11月23日

跨年畅想

你把美妙赠我
在跨年的前夜
我将本心予你
从此有了依恋

这个新年
注定快乐空前
感谢上苍
设定与我圆缘
蜡梅笑放
金鸡叫醒了盎然的春天

幸福已经起航
云帆直挂
拥抱沧海桑田
阳光伴着彩虹
鸣奏着四季的和谐

燕子归来
廊桥梦圆
油纸伞早已带在身边
娉婷依依
风铃嘀嘀
洽时一个绚丽的人间四月天

昨日去见同学,盛乐。值今日元旦,双喜临门,尽兴之余吟成。

2017年1月1日

随 吟

昨夜繁星弥漫
今朝漂白飞灿
我期期如许
圣洁仙境
在大学校园再次将我呼唤

那个不眠之夜
你美妙的歌喉
记录当时的梦幻
树挂披枝
银白的世界
两双脚印
留下记忆串串

往日时光
做成标本
封存珍藏
还有那一叶梅兰

你那里下雪了吗
流白如虹
闲云野鹤
总是在雪后妙曼

南方之烟雨
凝变成雪
漂洋过海
遁入塞外阴山
把诗和远方
带到我早春的心畔

2017年2月21日

雪中情

窗外雪鹅飘零
微风残柳
依依披挂上阵
大皮靴奏着嘎吱曲行进

晶雾蒙蒙
神鬼讯号
彼此点击短信
敲打着祈福的心灵

还有圣诞老人
大白胡子
闪烁着蔚蓝色的眼神
辞旧迎新
世事祥定着瞬间永恒

  陪俄罗斯伊尔库茨克州长一行参观晶牛玻璃公司、北方股份公司，回办公室后望大雪纷飞，鹅毛片片，现雪山飞狐，松涛待静，有感而作。

2004年12月25日

无 题

你总是昂着头
高傲如公主
掀去披纱
无非是残墙破土

上帝没给你月杖
鱼塘幽兰
荷姑早已把你
沉到地狱封储

麻雀叽喳
冬虫抽搐
不要悲叹
人生如此
有何深迷不悟

流星祈雨
弱苗短树
启明星渐露
地平线突兀
艳阳谁也无法挡住

2004年12月25日

梦断黎明

窗外鹅绒纷纷
不必恐慌
千树万树
漫天演绎春分

时空毕竟
寒凉浸透清晨
微信匆匆
道个不寻常沈城

皇宫剥落
帅府昏蒙
一介公子犹逸
近代一泡黄尘

凤至美龄
蒋公自诩中正
东洋大盗
国难家仇成性

兵谏彪史
国共携手并进
大国重器
雄起与天同庆

2019年3月21日

第五章 红色记忆

赴井冈山途中

窗外绿渡烟雨濛,
车内红歌情谊深。
昔年吉安今犹梦,
重上井冈寻本真。
塞外学子泉思涌,
燕北自古霸长城。
黄洋界上心滴泪,
紧握长矛国运蓬。

2015年4月24日

井冈山抒怀

绿野苍苍
云海茫茫
人间四月
重生井冈
聆听生命传奇
感慨斗争辉煌

松涛阵阵
流水潺潺
红星依旧闪闪发光
腥风血雨
爱情芬芳
领袖泣血痛失骄扬
忆世纪伟业
让后代传扬
奋起再把红旗扛在肩上

振兴中华
改革开放
努力实现伟大梦想
同结拼搏
红心向党
再把冲锋的号角奏响

2015年4月27日

伟人之父爱

那个年代
血雨腥风
革命的火种
燎原尤艰辛
儿子寄养失散
妻子英勇牺牲
他把血泪吞下
一心为了苍生

这位世纪伟人
也是伟大的父亲
他从小立志修身
全心全意爱民
缔造了东方巨轮
爱子却送异国献身

这位世界伟人
听到爱子就义
却久久没有出声
悲痛欲绝
只有枯树赋哀吟
昔年种柳
依依汉南
今当摇落
凄怆凄惨
树犹如此
人何以堪

这就是我们的领袖
他说他不敢见子孙
是他再也承受不了
中年丧子的伤心
其实他也是血肉之人
他的父爱早已
凝聚成慈悲之魂灵

2018年5月23日

井冈赠战友

依依惜别井冈山,
辛劳赴沪泪未干。
夜来托梦学子乐,
心灵感应君倚栏。
勿识庐山真面目,
平心悟道方现禅。
廊桥有愿天未老,
四月遗梦季时欢。

2015年4月28日

延安学悟

梦中几回赴延安,
初夏如期进红川。
开怀吻饮延河水,
张臂拥亲宝塔山。
润之旧居依稀亮,
伟人故里骄龙蟠。
塞外学子勤求索,
不忘初心悟陕甘。

2018年5月24日

井冈咏怀

一

少小初识井冈山,
方知红军创业难。
举止仿幕潘冬子,
头戴红星身着蓝。
今日寻习当年情,
英烈墓前泪巾沾。
杜鹃啼血虎长啸,
黄洋界上舞龙盘。

二

绿浪翻滚极目醉,
漫山星火红旗展。
朱毛会师显神威,
土豪恶绅丧妖胆。
南瓜野菜红米粥,
艰苦精神薪火传。
红歌奏响振兴曲,
中华巨舰凯旋还。

2015年4月29日

壮哉台儿庄

探访天下第一庄,
洞察古镇解风霜。
汉方村堡明清造,
春秋皓月坐河当。
倭顽魔爪狂蠕动,
华夏雄英剑锋张。
德邻携众铁血战,
轩辕儿女铸荣光。

2016年4月15日

古田偶得

一

丙申仲秋丹桂甜，
孔雀东南飞龙岩。
绿水青山皆成颂，
塞外学子会古田。
课堂教授多受益，
现场点评扣心弦。
星星之火熊熊燃，
革命精神永燎原。

二

自古闽西实奇仙，
人杰地灵风光巅。
工农武装齐割据，
红旗飘飘写巨篇。
润之啼血把方向，
敌军围困枉尽邪。
九月天佑蕴春雨，
协商民主献真言。

2016年9月20日

沙场点雄兵

朱日和
今日如此闪亮
正义之师
在这里向世界亮相
四军王牌
在巨人麾下
空前的雄壮

九十华诞
军歌更加嘹亮
八月一日
是南昌城头令枪
仁者之师
汇聚在圣地井冈

九十年来
中华历运非常
血雨腥风
壮大了工农武装
大刀长矛
摧毁了日伪枭蒋

八月流火
沙场点雄兵
党旗国旗军旗
威风烈烈
谁敢犯我寸疆

朱日和
大国利器
已成实战兵场
箭在弦上
何惧魑魅魍魉

来吧
周边小鼠
美日列强
蚍蜉撼树
定将绞成肉酱

2017年7月30日

秋学感悟

把秋天装进行囊
一路带到南疆
这里台风刚走
大树被推倒在路旁
此城略现忧伤

南来的燕子
你是否也有些彷徨
快快到上杭
古田精神绽放光芒

绿树成荫
红旗猎猎
诉说着革命的荣光
我默默穿越
静静地思索
心灵在此得到了滋养

微风习习
星星点灯
长空半挂着皎洁月亮
蛙声阵阵

古刹幽深
秋梦总是有些悠长

凉雨中的长伞
依稀陪着伟人下乡
儿时课文里的沙洲坝
放映着今日的辉煌

闽西的血雨腥风
在游学的车厢流淌
红歌在四周回放
新世纪的冲锋号早已奏响

年轻的姑娘
你说来自北方
孔雀东南飞
那是追随共同的理想

请不要笑我痴狂
我也插上了腾飞的翅膀
更已擦亮了钢枪
时刻在临战的弦上
张开风帆
让中华巨龙加油远航

2016年9月22日

松毛岭上悼英烈

南山秋云挂丹阳,
红军学员列队忙。
生命星火胸中燃,
焰焰红旗顾国殇。
松毛岭上悼英烈,
壮士墓前泪千行。
万里长征从头越,
华夏复兴定天煌。

2016年9月25日

中国重器颂

苏北自古奇骏冲,
志士功名贯古松。
力拔山兮项羽怒,
大风起兮沛公忠。
楚风汉雨彪青史,
淮海战役定乾坤。
喜看今朝举重器,
复兴大任旺徐工。

　　随市政协赴徐州徐工考察,看到该市发展热火朝天,特别是徐工徐工祝你成功,体现了中国装备制造的力量。忆徐州历史,非等闲小地,感慨!

2018年3月29日

我从古田来

我从古田来
投入遵义之胸怀
沿着红军的路线
同振革命的节拍

秋收起义的红旗
在井冈山上招摆
二万五千里长征
从闽西阔步走开

工农武装
是百姓的血肉连排
延安的宝塔
是黄河母亲的承载

从毛委员到主席
多少磨难
谁能替代
遵义会议
在苟坝胜利召开

娄山关大捷
乃历史之期待
四渡赤水
伟人举世之精彩

腥风血雨
岂可留白
共和国的脊梁
是无数生命之纽带
抗日的烽火
民族同仇敌忾

八十多年
辉煌而豪迈
中华巨龙
铸就了这个时代
东方之狮
一览我天下领海
长征精神
初心不改
永远与我们同在

2016年9月29日

悼女飞行员余旭

你是一轮初升的太阳
冉冉蓬勃
蒸蒸日上

你是一只自由的飞鸟
翱翔蓝天
直飞前方

你是我们心中的金孔雀
翩翩展翼
让爱飞翔

你是共和国的矫健雄鹰
不忘初心
把舵远航

可苍天无眼
令花蕾凋放
向长空恸哭
赐巾帼勋章
折千纸雪鹤
悼英烈灵煌
敞环宇无垠
颂美魂飞扬

余君远去兮
飞归故里
仰天长望兮
穿越时光

2016年11月13日

七月颂

七月
火红的岁月
是南湖游船的港湾
是斧头劈开的辉煌
是镰刀开垦的粮川

这个七月
红旗飘飘
东风烈烈
广阔的舞台
演绎着梦的恬蓝

吹拉弹唱
彩蝶飞扬
歌颂着地区的平安
年轻的建设者
用他们的工匠精神
构筑着幸福的青山

2017年7月9日

乌兰浩特

鹿城桂香雨韵扬,
兴安菊蕊绿芬芳。
红都五月赤旗舞,
首府望秋龙马航。
神山怀抱祭苍天,
绰尔河畔拜祖堂。
魂牵闲云灵鸟歌,
梦莹幻境情诗长。

2018年9月5日

第六章 亲谊悠长

寻找微笑的河流

夜半初醒
期待这个不平常的清晨
断了片的梦境
依稀回映着儿时的闹腾

早餐的温热
在车里洋溢着晚春的激情
一脚油门
把昏盹甩离滚滚扬尘

驿动的心
碾碎了沿路的红灯
微笑的河流
述说着从前那个等

醉美达拉特
诗意早已用心装订
同仁文友相会
诗论挥洒着七彩人生

沉甸甸了挂包
诗行在里面好不安分
北漂的游子
终于找到了乡愁
找回了文脉知音

2018年4月27日

让爱飞翔

掸尽身上的尘埃
洁净灵魂以芬芳
将善种在心田
播撒爱于四方
母爱是妈妈的唠叨
父爱是爸爸的念想
恩师言传身教
邻里兄妹相帮
大地沐浴阳光
鲜花欢乐绽放
点点滴滴滋养
让爱自由飞翔

即兴作词,后谱写成歌,广为公益传唱。
2015年5月28日

蝶梦飞扬

你飞进我的梦里
静静地在路边绽放
我轻轻将你抚摸
生怕损伤了你的翅膀
美丽的彩蝶
从此驻入我的心房

我放飞你
让你自由地飞翔
你翩翩起舞
幻化成梦的彩虹
吟咏成行
再次将我牵到幸福
田野与远方

午饭后遛弯东湖,见许多翩翩起舞彩蝶,有的还双双栖于路旁,生怕惊扰它们,希望其自由飞翔。

2017年8月13日

问君今夕在何方

生在大草原
长在黄河旁
打小一起追白云
摘满鲜花饰毡房

漠北清泉滋育你
亭亭玉立点花香
放声歌唱蒙古调
扬鞭撒欢大牧场

儿时的小伙伴呵
我心中的美姑娘
孔雀东南飞
鸿雁远翱翔
别梦依稀醉
回味好惆怅
借问长生天
君今在何方

2015年6月3日

和南岛先生

汝本东土蒙书童,
少小习礼有鸿儒。
游学塞外多岐山,
流年西北茹辛苦。
耕读昼夕唯执着,
泼墨重彩写梅竹。
朝约南兄论义侠,
旭东一僧戏龙虎。

2015年6月7日

两姑合影感怀

昔年俭苦勤持家,
赡老抚小唯无她。
旱地几亩少收成,
沙梁深处荒草杂。
日出而作常勿息,
骄阳似火未打啥。
转眼年迈不知暑,
岁月如霜叹年华。

  三姑携表姐妹回老家,看望有些老年痴呆的二姑,两个姑姑合影留念。见照片上三姑老态龙钟,二姑呆愣面无表情,不免有些感伤,叹人生之苦短,老人之艰辛,孝老之重要。

2015年8月2日

和乐元

倒拨时空又秋分,
秋风秋雨愁满城。
自古中秋人思聚,
花好月圆方成真。
古人未见今时月,
今日曾经照古人。
至亲至此扬孝道,
尚善弘德总关生。

2015年9月23日

姐弟合照题图

天蓝大衣赤堂脸,
人间姐弟最和谐。
携手并行秋绿道,
云淡风轻爱绵延。
闲公湖畔下诱饵,
旱泥鱼儿堪可怜。
对对野鸭嬉相戏,
廊桥常年桂花鲜。

2015年10月12日

梦雪思亲

正月初五雪茫茫
情思涌，春梦长
神回故里
童趣逗河旁
宅院乡愁已无痕
墙成堆，忆炕房
依稀双亲皆健在
忙年货，贴花窗
意欲执手
转瞬离别堂
问天时空怎穿越
阴阳界，勿断肠

2016年2月13日

回友诗《孤独》

你的眼神
是透亮的心灵
在哪都顿感异常温馨
感谢上苍
赐我以鲜活的精灵
我不再孤寂
梦里常常笑成美文
我轻轻地祝福
阳光永远伴君前行

2016年1月24日

乡愁随风而去

推平了
再也找不到你诞生之房
儿时的记忆
从此在心底深深封藏
双亲的身影
至此成了忧郁之感伤
缕缕乡愁
挂在了无痕的村旁
门前那棵大树
掘倒成一抹彷徨
祖父走西口的驼铃
依稀还是那么铿锵
乡愁啊乡愁
伴着圣洁的祥云
穿透时空
跨越城乡
永远在遥远记忆的小船上飘荡
村后的母亲河仍在愉快地流畅

2016年1月6日

心语如燕

春分将雨日照长,
天公布文鱼醉塘。
祈福灵猴旺年景,
许愿挚友红运当。
高山流水相如意,
燕子衔蛰俏梅芳。
快马茹耕绘彩虹,
乐善德缘真道扬。

2016年3月21日

赞诗兄

诗兄本乃有才郎，
学富五车鸿儒彰。
辛劳耕耘成韶韵，
妙笔呵就皆华章。
亿万亲民逢盛世，
神州大地尽担当。
春风绿暖天鹅舞，
巨龙腾飞世无双。

2016年3月28日

老方考古礼赞

鹿城古今纪悠长,
探访文明赞老方。
辛勤何许寒暑日,
迷醉执着谁堪当。
老村古墓细考辨,
秦砖汉瓦究其详。
大漠彪秉春秋笔,
穿越时空凤求凰。

2016年3月29日

清明思亲(组诗)

清明有感

清明时节雨未纷,
王子贤孙拜鬼神;
纸船明烛尽情烧,
青山处处起烟尘。

2011年4月5日

清明雨思

清明悲节扯尘黄,
烟雨迷蒙苦离殇。
梦里依稀抚双亲,
坟前兄弟啼泣长。
四方松柏期期许,
德孝虔诚燃高香。
唯有诗书饱耕读,
一挥乌云彩鹤翔。

2017年4月4日

清明怀亲

尘夜寂静
时轮已驶入清明
好困好累
汇聚一个昏黄的梦境
二老还在忙什么
小屋依然亮着灯
切换空灵
怀念是这样难醒
荒草欲绿
音容早已定格成碑文
纸船明烛
长泪抛洒西坝孤坟
阴阳两界
岂能隔断骨血亲情
长歌当哭
哀思衷肠泪雨纷纷
旧院已被推平
将鲜花插上茔顶
老树傲立
默默地期待朝露春风

2016年4月4日

清明思念

（一）
人间四月沃情田，
长梦茹琴醉诗篇。
烟雨书国春曼韵，
唤绿青山泪浸肩。
清明野径悲梭织，
先祖坟前孝悌玄。
徐风曳蝶晨钟露，
潇湘婉儿舞蹁跹。

（二）
十年生死两相间，
清明托梦泪巾涟。
一朝商贾抛祖训，
邻里乡魂四处迁。
孝德常思宗亲苦，
再上孤坟拜祖先。
吟诗不畏浮尘堵，
积善子孙佑青天。

2017年4月2日

梦见母亲

夜奇迹般肃静
诗在向远方延伸
小院的乡愁
原来就是妈妈的亲吻

那件灰色夹袄
是心中妈妈的身影
颤抖的双手
捏着纳鞋的顶针
常常伴着昏黄的油灯

炕桌上的搁锅面
仿佛还热气腾腾
妈妈
您快先吃吧
儿女们过得还算实成
妈妈
您早点休息吧
别再为我们操心

妈妈，妈妈
怎么又是您托的一个梦
让儿见您
短暂又空蒙
长夜漫漫
注定清醒
母亲的节日
愿您在天堂万幸

2016年5月7日

照片题吟

是谁
记录下这美好的瞬间
是谁
将历史的镜头珍藏心间

这里
似乎找不到自己
但我
将春天的枫叶
写满粉红色的夏夜
那也是人间四月天
剪一段记忆在清华园

荷塘月色
你我不知夜多长
一起将梦深深地链接
纵情放歌
穿越回康桥的经典

曾记否
那些悟空的缠绵
回来吧
脸颊上的年轮
早已在时光机上绵延

2016年5月20日

子夜轻吟

深秋的天有些许寒冷
久远的电话
将美妙装饰成梦境
你那里下雪了吗
思念的叶子依然纷纷

多少个今天忘却霜秋
又何论魏晋
床头枕边
一次次掀动着君的微信

孤夜幽深
四周从未如此恬静
花蝶翩翩
原是君遣使的魂灵

临冬的秋着实云飞雾等
玄幻的密码
编译回放着韶乐梵铃
将思绪的彩虹向远方延伸

2016年11月3日

孤　凉

三九冬天的确寒凉
你带走我的小棉袄
飞向空蒙的远方
我看见那棵小树
孤苦得很是悲伤
谁遗弃她
小狗狗在公园独自流浪
我心音轻唤
雾霾过后你应再回到我身旁

2016年1月5日

与师院同仁欢聚

丙申初雪怯寒天,
学苑良师论辩先。
东西南北皆众纳,
古往今来尽成篇。
棋琴书画伴酒醉,
吟诗作赋渡唐街。
自古才儒多情逸,
绿野仙踪颂世恋。

2016年11月29日

《大风》咏赞

戊戌流年远凡尘,
花甲智者舞大风。
高原深春吻喜雨,
大漠初夏拜书声。
蒹葭苍苍掀文波,
绿意茫茫锁长城。
出师一表点名士,
泼墨漫虹靓本真。

2018年5月29日

子夜吟

清晨似有鸡鸣
雾霾令人心慌
昨梦依稀
请问君在何方

十月底的那个晚上
朋友圈一条信息
将时间永远定格在
思念的洪荒

谁会相信
天妒潇湘
我那个问号
被永远锁在心房

你真的走了
走的为何那么匆忙
不舍的言辞
让人血泪沾裳

激活旧手机
泪阅三年多所有来往
一条条美文
那是君至善的流淌

字字珠玑
将所有饥渴滋养
句句穿魂
洋溢着满满正能量

欲哭无泪
我恨自己
请你坐坐
常常挂在嘴上
在你病痛时
也未去探望

你恨我吧
文友相处
华丽多情的文章
却沉默了慈悲的柔肠
而你召集益友
每周都去狗狗收容所
用爱展示人类的善良

我看你有次加班
竟然整整一个晚上
劳困岂能奈你
成就着脸上的荣光
好钦佩你
警营玫瑰如此铿锵

我的神识在呼唤
潇湘婉儿
婉儿潇湘
你是美丽的仙峰
更是圣洁的华芳

仲冬渐冷
我轻轻吟问
你那里下雪了吗
寒梅傲放
你是否还在续写
牵挂未尽华章

你累了
静静地安息吧
这个世界原本还这样
只是
有一棵孤树
悲泪凝结成了
诗和遥不可及的远方

2016年12月12日

彼岸思心

用幸福的璎珞
编织七彩风铃
怀揣着童年的梦
漂洋过海
为着寻回人生的本真
把美丽带走
长长的牵挂
扯着慈母的心
异域的狂躁
充斥着文明的野性
永不消逝的讯波
满载着故乡的叮咛
那边下雨了吗
傍晚的思念
总会是儿蓬勃的黎明

2018年4月27日

不朽的母爱

微信阵阵传来
母亲节的声音
我的母爱
深深地呼唤着慈爱的魂灵

十年生死两茫茫
梦中的母亲
站在路边远远地眺望
让我着实难舍难分

一顿搁锅面
让母亲的味道
烙在心底
与乡愁和谐呼应

这些年
世事风尘
欢乐与郁闷
常常含在母亲的泪水中
让我恬静而淡定

那个老房子
已被滚滚政绩
无情地推平
父母的身影
却永远还在那里躬耕

故乡的云
在下午的雨后
将彩虹向真爱延伸
慈母手中线
牵引着德道的风筝
那件红背心
缝进了妈妈的叮咛
思念的日子
总在漫漫长夜中哭醒

小院的向日葵
饱含着妈妈的眼睛
严寒酷暑
春夏秋行
总让我静夜孤鸣

善缘绵绵
那是母亲的虔诚
而又是不灭贡灯

大门口的老榆树
见证着吉庆的家风
回应着粮房门上
儿时挂的驼铃

妈妈啊妈妈
儿子再次请您放心
时空轻越
天佑着善良的我们
庇着先祖的余萌
满堂子孙平安而笃诚

2017年5月11日

悼亡友

桌子上的讣告
再现着你的音容笑貌
窗外的雨点
悲泣着在切切祈祷
朋友啊
你走得太快了
苍天也许也不会知道
你离得太急了
大地可能也未注销

短暂的春秋
谱唱了一曲正气之歌
执着的追求
写就了一首奋斗诗篇
一颗夺目的明星
停留在世纪的门槛上
骤然泯灭

朋友啊
你为什么走得这样急
你知道吗
多少双眼睛
顿成黑漆　泪雨成溪
所有的呼号
漫天长啸
共鸣着你的英灵
述说着永远的故事
叙述着一段
青春的永恒

2000年7月5日

怀 念

读书会的微信
异常如过往行程
七月七
传来汛情
恸哭泣不成声

谁会相信
才姐龙英
怎么会走得
急若风轻

并不熟悉你
我的拙诗
装裱着生命的曾经
依稀仿佛
留不住梦醒时分

怅望长空
君原是跃动的星星
放声恸哭
亮灭着天国华灯

旗袍的靓丽
在那个悠长悠长
寂寥的雨巷
丁香一样的姑娘
缘是君之幻身

一只草原百灵鸟
长生天的苍鹰
别忘了那把油纸伞
还有书友的容音
轻轻走吧
祥云伴君远行

2018年7月7日

今天是你的生日

今天是你的生日
我在轻轻地呼唤
所有情感的璎珞
编织成长长的一串
祝愿的彩虹
写满了东升的红日
快乐的天使
静静地将阴云驱散
潮来潮往
歌儿永远与君相伴

2000年7月27日

播种希望的妈妈

当春天刚刚敲门
燕子未来
大地正待苏醒
妈妈
您却毫不懈怠
匆匆地准备耘耕

当太阳冉冉东升
雄鸡才叫
万家尚未睡醒
妈妈
你却黎明即起
选种育苗忙个不停

院子尽管不大
但您用篱笆围城
一锹一锹地松土
一脚一脚地踩平
一棵一棵地种下
一株一株地润浸

每一个早晨
您都去察看破土的嫩芽
看着正滋滋探头的叶片
您的心在欢笑
两眼眯成一条缝

每一个傍晚
您都要去呵护
苗儿见您总是点头致敬
您披着彩霞
满脸灿烂成十五的银屏

每天从大田回来
您瞅着暴渴打盹的禾苗
第一件事就是用洋瓷脸盆
头顶烈日
脚踏艰辛
一盆一盆端上水
一棵一棵把苗儿饮

禾苗似乎不懂情
不知您累不晓得疼
也许是渴极了眼
喝了一盆又一盆
您端的腰酸了腕困了

汗水偷偷地往衣服外渗

妈妈
多少人劝您
不要这样再折腾
这样执着
终究又能收几根
您却义无反顾
一年又一年
种了一茬又一茬
虽然没有好收成
个顶个剔透又晶莹
都夸这才叫绿色好食品

妈妈
您尽管茹苦又含辛
无法用经济去等量
但您却锻炼了身体
播种了希望
收获了欢欣
您的身体力行
深深地教育着后来人

妈妈
您是播种希望的妈妈

您给了我无声的教导
叫我懂得了人生
每每想起您——伟大的
母亲
我浑身力量倍增
日出而作
日落而息
平平淡淡才是本真

妈妈
您是收获幸福的妈妈
您满头银发
却还在示范我如何做人
日升又落
月缺还圆
默默地拼搏
孜孜地奋进

妈妈
最崇敬的妈妈
您付出了辛劳
收获了不朽的生命

2001年9月12日

回老家过年

时轮即指壬午年,
携妻带子跨河源。
游子归乡嫌时短,
春风回暖漫心田。
欣然歌成吟短句,
皆大欢喜呈对联。
火树银花好年景,
古稀父母尽开颜。

2002年1月19日

梦 雪

深深的思念
凝结成渴望的冰晶
雪花飘舞
圣洁无尘

长夜的仙境
披挂着剔透的白凌
大学的校园
曼妙着空灵的歌声

一袭寒风
将爱谐和
温湿了城隍的眼睛
衣袂飘飘
幻化见证雪人

张开双臂
迎絮前行
坚实了串串脚印
琅琅书声
酣梦初醒
瑞雪缘在我心

2018年1月3日

无 题

爱你没商量，
梦里思断肠。
奉运承天意，
吾辈好欢畅。
谁言悟姻缘，
情到义无账。
迷眼看众生，
秋走更苍茫。
大江东流去，
黄河奏独唱。
小桥寒放冷，
雨铃敲窗框。
屈指数经年，
并首同频浪。

2005年12月5日

情思信息

遇在菊香迷漫，
梦里仙姑下凡。
电波写进心底，
一别望眼泪穿。
终夜空守话筒，
两鬓反侧辗转。
自古多情花谢，
谁知当今儿男。

2008年10月14日

遛书友群

月食本无殇,
天律究可章。
圆缺成一瞬,
尘世话短长。
玉兔今犹在,
痴情念吴刚。
嫦娥舒广袖,
人间许牛郎。
待得七夕夜,
鹊桥影双双。
天狗何太急,
生莺也彷徨。
吾生期朗月,
相思好惆怅。

泼得漫彩虹,
旭日傲东方。
孔雀东南飞,
鸿雁恋北疆。
唤醒君来早,
环宇亮祥光。
诗意心中伏,
梦尔舞苍茫。
谁言三冬雪,
亘古情韵常。

2018年2月1日

游子思恋

一

离别总不想说再见,
真惆怅难舍芙蓉店;
冬日里你我热联烈,
春熙路何时君再现。

二

想你时唯恐难相见,
做梦时依稀再会面;
登鹊桥风月淅淅雨,
盼东方艳现彩虹链。

2010年12月27日

拜见廉老

壬辰中秋非同常,
天予神授呈瑞祥。
廉老至尊赠典籍,
国庆朗月神怡赏。
经年风雨叶知秋,
西口路上再回想。
天若有情终不老,
德善门庭挂金奖。

中秋前夕(十四),看望廉老先生,先生将自己的回忆录回赠,有感而作。

2012年9月29日

有感初中同学聚会

三十八年同窗会，
八千里路学友醉。
毕业原照今绽放，
昔年青涩常回味。
乡愁一寻泪思涌，
村念两厢歌诚队。
初心难忘师恩深，
赤胆铭记尊亲贵。

2018年8月11日

第七章 江山咏赞

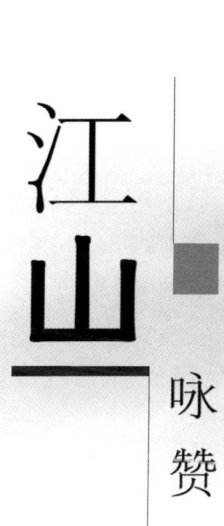

草原脊梁

绿野苍茫
甘露醇香
天幕草原
坚挺脊梁
是骏马飞奔
是肥美牛羊
是初乳清淌
是驼铃荡漾

绿野苍茫
甘露醇香
梦幻草原
坚挺脊梁
是阿爸扬鞭
是阿妈围场
是移动的毡房
是挤奶的姑娘

绿野苍茫
甘露醇香
魂系草原
坚挺脊梁
是套马的汉子
是美酒飘香
是清泉弯弯
是初升的太阳

绿野苍茫
甘露醇香
红运草原
坚挺脊梁
是苏鲁锭飞舞
是巴特尔欢唱
是朵朵白云
是鸿雁翱翔

啊　我心中的草原
我儿时的梦想
你是大漠的灵魂
你是圣洁的天堂

2013年8月8日

海边吟学

万籁静净水拍门,
窗临听海梦涛声。
仲秋齐鲁披金甲,
银沙滩边学本真。
塞外草原花自许,
铁马秋风短歌闻。
风轻云淡任帆舞,
骄龙竞飞旭日升。

2014年11月9日

达拉特赞歌

美丽达拉特，
黄河抱胸怀。
九曲连环虹，
流年溢七彩。
波绿成草原，
古渡今犹在。
天净缀白云，
昭君恋边塞。
高原米粮川，
漠北工业带。
神奇响沙湾，
游人皆感慨。
大美恩格贝，
沙洲现绿海。
骏马扬蹄飞，
驼铃震天外。
遍地传童话，
长调奏豪迈。
梦幻家乡情，
和合靓风采。

2015年5月11日

赛汉塔拉

您绿意如海
您博大胸怀
春风和煦
我迎着朝阳大步流星
彰显豪迈
啊　赛汉塔拉，城中草原
我梦中的异彩！
圣鹿呦呦
飞鸟情赛
让我纵情高歌
叹我生命所在

您绿意如海
您博大胸怀
秋日丝雨
我披着金装，甩开双臂
蓬勃健帅！
啊　赛汉塔拉，城中草原

我童年的欢寨
芳草萋萋
大树如盖
让我魂牵梦绕
是我心头大爱！

赛汉塔拉，您是草原钢城的品牌
更是漠北蒙古的天籁
我们在此敖包相会
我们在此健步飞快
共同走向美好新时代！

2014年5月9日

城中草原我的爱

我从梦里来
投入你胸怀
任性吸鲜气
健步登琴台
双手扯白云
邀风逐绿海
圣鹿鸣鸣唱
鸿雁几徘徊
淡定红柳意
百花尽情开
敖包再相会
哈达飞流白
电车悠悠乐
小溪潺潺嗨
放歌蒙古调
张弓保疆塞

2015年5月10日

天宫神鹰

是谁
把太空描绘得那样浩瀚
是谁
将宇宙传说得想象无垠
我们伟大的祖国
让神鹰飞向太极
让英雄们在时空穿行

那不是远古的飞天
也不是奔月嫦娥
是共和国之科研
是天地造化之灵现

那也不是诺亚方舟
更不是宙斯盾之舰
是中华之神鹰
是祖国之梦苑

曾几何时
科幻之光让人着迷
曾几何时
多维空间动人意念

悠悠广寒
海量时空
后羿女娲
咏叹奇葩

古人未见今时月
今月见证我神鹰
高氏笔下赞海燕
妒我启梦在航天

看上帝之子
赞天宫兄弟
点轻轻之吻
定艳羡神阙

可上九天揽月
可下五洋捉鳖
吾中华之精神
吓倒蓬间小雀

飞翔吧
我的宇宙之星
再次启航吧
我之梦中神鹰

2017年8月7日

布宫祈福

乙未七夕秋初凉,
牛郎织女梦断肠。
情种鹊桥独望君,
痴女遥思泪千行。
我劝天公怜凡心,
人间共烛祈玉皇。
普降祥雨度众生,
东西南北福寿长。

　　古历正值七夕节。随市调研考察组,考察宗教圣地,结果预票超期,排队到门口被挡在外,其时微雨沐体,协调等候,台阶四望,感而即兴。
　　　　　　　　　　　2015年8月20日

国庆礼赞

这个日子极不寻常
六十六年前的今天
共和国如一轮红日
冉冉升起在世界东方
中国人民从此站起来了
世界伟人，呐喊是那么铿锵

三座大山被推翻
幸福洋溢在国人的脸上
父亲刚好二十岁
洋溢血气方刚
举国沸腾
年轻人默默挺起了胸膛

六十花甲
经年曲折
前进的洪流一浪高过一浪
寒来暑往
雨雪风霜
五星红旗永远飘扬

三军铁甲
浩浩荡荡
阅兵只是亮剑磨枪
跳梁小丑
魑魅魍魉
在我面前又能怎样

泱泱大国
坚挺脊梁
发声必将理直气壮
地球村庄
如此乱象
看我祖国母亲的担当

德行天下
儒本善良
万国来朝谁敢嚣张
韬光养晦
天威不往
神舰势必杨帆远航

2015年10月1日

江南仿古

江南四月暖春风，
往来方知情。
宿市仿古文脉多，
人杰地灵谁堪摆战城。
诉诸英雄悲壮事，
别姬溢情志。
宵雨把酒放歌赞，
抚琴邀月北乘勒勒车。

2016年4月19日

鄂尔多斯"诗歌之城"挂牌

丁酉秋高喜庆生,
鄂尔多斯冠"诗城"。
骄花醉亭谐欢浴,
翠柳华屏举锦荣。
汉唐赋,蒙元声,
古今缘本绘瑶筝。
流年动海心相印,
唱响千山瑞海腾。

2017年8月22日

暮秋边疆吟

暮秋踏上西南边疆,
春城处处花笑果香。
翩翩飘来白族丽娘,
风花雪月顶戴灵光。
蒙古汉子南国徜徉,
崇圣佛寺神塔经长。
乡愁大理款款柔情,
蝴蝶泉边吾心尽赏。
梦幻洱海风轻云逸,
苍山圣浴心翼飞扬。
蕊子缘善瑞色洋溢,
至爱情岛演绎华章。

2015 年 11 月 12 日

八公山礼赞

淮南谷雨朗朗晴,
八公山上潜奇人。
刘君安子眷鸿儒,
一烈奏章惹祸身。
五亿年前立地佛,
白塔胜寺显通灵。
篇篇典故今习复,
顿然猛醒梦纤尘。

2016年4月19日

灵璧县感叹

淮北仙奇溢灵气，
山美水秀妆神璧。
御封天下第一石，
钟馗执道严法义。
项王称霸起雄兵，
沛公逐浪乃小吏。
大风起兮虞姬忧，
千秋情业非好戏。

2016年4月18日

宿州吟

宿市丽鸟好欢快
早早把太阳叫醒来
今天鸟类开大会
赛诗对歌动心脉
北苑树木皆成林
百草园中花不败
快起床快出来
看看此地多豪迈
来自北国蒙古汉
脱去寒气舞安代
斟满美酒举过头
草原晨曲胜呼麦
远方朋友歇歇脚
青山淮河春常在

2016年4月19日

淮湖有感

千湖万湖焦岗湖,
一派汪洋点岛株。
各色鸟儿嬉相戏,
芦苇荡中觅仙姝。
渔船游舫妆动画,
廊桥栈道情侣扶。
为荷而来陶心志,
净吾心境学渔夫。

2016年4月19日

心 语

一

芳菲四月走赣南,
傲海雄鹰逐香潭。
龙腾九州夸太极,
虎踞仙境霸君山。
盘古升天苍生举,
春秋大梦化老聃。
天师赐教点真道,
宇宙混沌归自然。

二

窗外烟雨与时沾,
和谐长龙跨江山。
尔等追梦岂知暑,
吾辈无为咒世川。
庄园谁辨鱼龟蝶,
大道岂堪论明关,
日月相伴千秋在,
古今胜负几多谈。

2016年4月26日

古城诗韵

一

神州访古写西湘,
边城演义永玉黄。
古堡往事依依在,
爱情滴滴汇沱江。
行云心韵回龙道,
虹桥撑伞为伊张。
苗寨起事张正义,
诗情画意胜宋唐。

二

故事边城探古坊,
小巷纵横蝶飞廊。
今夜期汝诗常在,
穿越时空启洪荒。
虹桥丝雨抚檐铃,
小船悠悠着霓裳。
阳光约君行草原,
凤兮凰兮琴韵扬。

2016年4月27日

春和景明

春满海棠
人间四月鹅黄
异彩缤纷
杨柳千条荡漾
昨梦依稀
仙境与谁共赏
翩翩花舞
静侯丁香丽娘

2019年4月29日

观 G20 晚会

静息视频前,
穿越西子边。
依稀入仙境,
耳目醉盛言。
多彩华夏国,
梦叩金秋夜。
四海嘉宾会,
赏我国粹篇。
微信达苏公,
今夕是祥年。
人间美良辰,
风景独开颜。

2016年9月4日

乌审旗颂

丙申初冬天地寒,
协商调研赴蒙南。
窗外满月秋色远,
坚守绿意着枫岚。
黄河不渡情自负,
乌审文蕴胜阴山。
古琴颂祭苏鲁德,
缘来风光君醉还。

2016年11月8日

青山河东尽朝晖

一泻钢花贯东西,
谁言航道鞍马稀。
云城勿扰惊魂鸟,
水旱码头大鹏飞。
文明城市添景致,
草原儿女绣红旗。
麻池古镇初小康,
青山河东尽朝晖。

2007年8月18日

九华仙山

神奇九华山,
灵芝尽隐峦;
倾心虔诚拜,
共期仙子还。

2011年4月15日

第八章 世事感怀

神州一角

坐在长廊的一角
一片空寂
小屋隔定
四周只我一人
倒也干干净净
时有饮水鸡叫上几声
电话机也不甘落后
偶尔叩叩银铃
地板哄哄
几时以为地震
马达轰鸣
歌唱着伟大的主人
多少年来
战车总在这里诞生
不在其中
怎觉身临其境
顺了这些流程
甩开大步
直达神州旺京

在生产战车的内蒙古一机集团公司挂职锻炼,坐在一悠长走廊一角,寂静空寥,闻车间机器声,感而咏之。

2003年4月17日

听诵《人间四月天》

你是人间四月天,
我别康桥泪涟涟。
郎才女貌堪绝配,
比翼双飞胜天仙。
谁言痴情北平梦,
诗情画意道无全。
魂断情空梦书台,
千古绝唱舞翩跹。

2014年11月21日

梦回汉唐

绿草苍苍
白露为霜
鸿雁南归
关中印象
作别蒙元沃野
再谒贞观盛唐

秋雨绵绵
烟霞茫茫
礼泉神山
又现祥光
感受袁家名村
梦回西京阿房

八百秦川地
古今几多殇
天下熙熙事
一枕浮黄粱

悠悠开元世
荣荣点三皇
昔日大帝国
残碑半壁墙

朝为田舍郎
终念天子堂
万溪泾渭水
一汇成大江

粪土万户侯
功名了无常
滴滴积善水
朵朵永世芳

2017年9月9日

观电子名画

太阳是亘古的浑荒
单门缓缓洞升
美丽纷纷笑绽在现场
是天使吗
张开了腾飞的翅膀

宇宙之乐
风之舞　雨之琴
天籁之音和谐奏响
仿佛间
吾辈身临其境
浑屯不知在何方

时空原来并不遥远
银河内外皆为邻邦
虫洞似小
穿越亦如自由翱翔

人类是那样渺小
如尘埃四处飘荡
小小的萤火虫
神佑播放着铃铛

扼住流年
把时针倒拨回往日时光
今月曾经照耀先祖
尘世行云流水
美妙着儿时的梦想
一页页翻过去
人生似史诗般荡漾

仰天长啸
高山流水纵情亮唱
所有的都那么仙幻
一切又不必太多想象
九九归一
虔诚感谢吾之上苍

看世界名画被现代科技跃动成如现场视频，顿觉身临其境，感慨！

2015年2月1日

公园荷塘

平民公园添荷塘，
游子纷纷论短长。
老榆低头迎看客，
叹无清华朱子彰。
云淡风轻蛙竞咏，
郎月戏水商旅忙。
摄景挚友赏微群，
冷影孤君思故乡。

2015年8月2日

中秋即兴(组诗)

一

月满中秋静夜思,
浮华世事惹人痴。
不知吴公今何在,
天降后羿斩孽蚀。

2011年9月12日

二

昔人中秋邀月明,
今朝原本拜祖亲。
楼台相会思苏公,
借此佳节寸表心。
尔来寒暑雁南飞,
经年依稀知天命。
嗟叹尘世时空浅,
守望相助福寿盈。

2015年9月27日

重阳观老年艺术表演

九月初九九重阳，
幸福老人乐满堂。
登台演绎青萍戏，
放声高歌诉衷肠。
友朋偶遇忆昔年，
慨叹古今龄无常。
此节盛景心驿动，
穿越时空天伦张。

2015年10月21日

戊戌正月

正月初三夜,
席尽灯未阑。
拥衾仿觉梦,
春乍亦感寒。
一首劝友歌,
两厢顿悟餐。
此去又经年,
尘世咒妄川。
恍嘘开幕曲,
魅戏舞龙蟠。
凌霄抖空灵,
盼雁再北还。
吾心释融昧,
踏浪砥千帆。
谁言傲梅俏,
柳梳嫩绿欢。
漠北扬高乐,
天露许焕然。

2018年2月18日

元宵有感（组诗）

一

正月十五闹元宵，
华灯绽放现春潮。
浮华世事月昭日，
歌舞升平无乐韶。

2011年2月17日

二

元宵新喜上眉梢，
人间又现灯乐豪。
重见当世出重典，
苍天怒喝斩群妖。
遥想当年周礼兴，
神州举目尽舜尧。
莫道苍宇霾雾浓，
一挂彩虹旭春潮。

2013年2月24日

三

又是一年元宵月，
时光易去春风冽。
岁月峥嵘雪抚灯，
星光澹荡流飞霰。
期得壬辰好年景，
还防虫鼠为害烈。
我劝天公再抖擞，
大地生花翻新乐。

2012年2月6日

四

正月十五闹华灯，
嫦娥银座跃龙门。
清风朗月盈良宵，
梦回唐宋善本真。
金幕飞瀑欣蓬勃，
火树银花紫气升。
欢声笑语龙狮舞，
春情荡漾福满城。

2015年3月5日

五

（一）
元宵喜见雪打灯，
甲午流年好运行。
春夜一梦初升日，
遥望南天盼燕临。

（二）
瑞雪纷飞佛意萌，
人间尽观喜来灯。
犹忆当年元宵月，
春燕归来杨柳青。

（三）
吾辈本是布衣身，
平生好做楚狂人。
佛缘善结晴童燕，
修心造业祈旺真。

2014年2月13日

晨曦赏梦景

晨曦和风百草醒，
苍山脚下九溪亲。
慈母怀抱白族女，
穿越老街唤古今。
洱海一号东逝去，
蝴蝶泉边金花盈。
圣塔高耸追仙云，
天竺佛祖总显灵。

2015年11月10日

周末小感

曲终人散
潮退滩冷
独居偏隅孤店
雕梁画栋
芳草怡园
静候遥窗穿越
尘界之球
何奈劲足
挑灯纠结昨夜
京城盎然
寻梦追怀
往昔梨花曾谢
蓝天话树
云楼惹雨
象国真经无辨
此运流年
谁堪伯仲
回头创纪再现

2018年6月24日

雾霾吟叹

鹿城冬夜灰搅烟,
妖雾缭绕漫迷眼。
举目恍见五指舞,
疑似焚胶患满天。
扯块毛皮彼此挂,
倾城猪嘴谁堪怜。
美宅豪车多迷幻,
幸兮福哉盼流年。

猪嘴:一种较封闭的口罩。

2015年12月23日

大学毕业三十年畅想

打开七月
每页都写满温情
洋溢着诗行
粉红色的回忆
刻录着往日时光

那个月夜
青春洒满了西操场
一壶奶茶
咀嚼着几根香肠
半碟花生米
筹对着二两小茅香

角落里影子
对对嬉戏鸳鸯
天旷星稀
你我向天遥望
跳出农门
憧憬着红色的梦想

遛脑思维
越回儿时的戏场
小兵张嘎
那才是英雄的榜样
别梦依稀
如今都两鬓成霜
功过是非
化成废纸一张
天伦之乐
唯在儿孙满堂

三十华诞
原来如此乖张
草原浩瀚
红火一锅羊汤
喜笑歌跃
呵成归真文章

尘世皆空
人生这般原样
忘却的记忆
如今一笑成芳

2018年7月27日

有感教改会

辛勤园丁会满堂,
教育大计倾心商。
伏案书烛无怨悔,
德教双馨永世芳。
呕心沥血滴滴暖,
阳光雨露百果香。
改革撬动大教育,
小树终成国栋梁。

2015年12月29日

圣诞夜吟

一

将冷秋凝固成晶
愁河一块块剔透
壮观如童年的流凌

诗被冻僵
从远古至今
肃杀似冬的高冷

墙角三五株小草
依稀有探头的呻吟
掬口水哈气
间或雪意蒙蒙

浓雾携霾
迷混了灵魂的眼睛
四六成句
一绳挽缨
无韵咿呀声声

长发枯梢
寒夜贼亮了眼神
那张桌子不再有
歇斯底里的曾经

一梦早醒
朝晖煜煜
冉冉勿忘初心

二

这个夜
呼唤着时令
近时被网爆纷争

开国领袖
追逐着太阳
盖过了创世的老人

天宇茫茫
降斯人于神灵
编审吟咏
一樽向苍叩敬

放歌也轻轻
唯恐惊扰净静
火红的闪耀
飘飘仙女披巾
诗与远方
旖旎渐入梦境

2017年12月26日

一切如常

你在台上
或演或唱
我在台下
拍手鼓掌
你退下卸装
我捧场崇尚
你似乎感觉些许凄凉
我依然温度未降
你说你其实没有给我阳光
我说我一直没有期待你什么
其实
有什么也没什么
平静平和
一切都还是那个老样

2016年2月14日

《我从古代来》读后

一

丙申二月春阳暖，
清风徐徐几多寒。
默吟印罡心修雨，
释事若轻方幡然。
人生浮华夸蚁国，
一介尘埃倾烛盏。
长夜漫漫梦瓜州，
古往今来谁知返。

二

天竺仙女遣下凡，
遁入人间泽润禅。
望断北疆祥瑞雪，
穿越古今雁飞南。
游学尊孔寻真经，
巾帼从来讽貂蝉。
释子罡风佛韵谐，
从善如流融冰川。

三

古代淑媛今复还，
行云流水静荷禅。
尔来穿越无时空，
笑傲江山戏谢晚。
灵鱼梦享醉兰亭，
庄蝶飞飞逸悠然。
心拔古刹莲花钟，
吟诵百歌缘圆满。

2016年3月10日

无题(组诗)

一

生活这个社会
什么都杂陈五味
不要大惊小怪
尊严扮装被撕得粉碎
要学汪洋大海
你就一副钢铁大胃
酸甜苦辣
必须将其分解烂醉
魍魉魑魅
也要将其彻底搞废
从善如流
永远独行高贵

2016年3月30日

二

含辛茹苦几十年，
弹指轻点一瞬间。
人生草木情无许，
功名利禄悦眼圈。
儿时立志揽天月，
壮酒扼腕放豪言。
莫道世事多变幻，
古来英雄几人旋。

2012年11月6日

三

辛苦遭难三五经，
汗泪雨落溢苦心。
莫道戈壁遥遥布，
大漠大道大日青。

2011年7月9日

四

春月沙天眼茫茫,
华发英子满愁肠。
举杯痛饮凭空啸,
浊鸟污虫一扫光!

2000年4月19日

五

昨梦依稀心震颤,
单枪立马断桥畔。
惶恐滩头挂瀑布,
不见黄河飞烂漫。
渔樵苍苍叹日月,
牧童黄昏笛声灿。
雄鸡一笑天尽白,
昂首再望皆是岸。

2002年12月3日

六

天高风愈静,
琴深意更浓;
花催叶饱绿,
晓灿目尽忠;
吾欲乘流马,
一路好行空;
月洁荷语切,
林蝉尽听松。

2009年6月11日

小楼北望联想

风停屋静起浮尘,
遥窗北望路不平。
小楼昨日狗狂吠,
学子苦闷向谁陈。
舞文弄墨只为君,
漫卷诗书叹人生。
朝阳几度乱云附,
乘风破浪展大鹏。

在外经贸局小楼,北向钢铁大街,楼下孤树拴一大狗,常常狂吠不止。此情此景,故而感之。
1999年8月26日

骑车奔驰

上班即刻蚁纷纷,
道上无风起黄尘;
我劝天公睁锐眼,
微降祥雨救凡星。

2002年6月4日

南望小感

一年恍度夏秋冬,
遥窗远现又一村。
借问花儿春何在,
满心极目乐欢公。

　　会议室开会,常望南方。今透过玻璃见往日破楼,现崭新而立,为此有感而作。
2000年12月5日

世纪跨越

站在世纪的门槛
叩响太极之灵感
仰天长啸
紧紧抓住时间的杠杆

骑行理想的翅膀
扬起猎父神鞭
跨越　跨越
自由王国即在眼前

2000年5月24日

窗 下

站在阴冷的窗下
心中一派荒茫
人间多少故事
演义着依稀的光亮
两脚空空
像踏在了棉花团上
烟雨蒙蒙
伸张着梦的翅膀
丘比特在呼唤
文儿文儿
你说到底该怎样

2000年7月6日

潮落潮起总是情

皇天七月雨纷纷，
鹿城游子心难平。
雷公怒激敲金鼓，
东方日出伞下晴。
出双入对融一体，
月缺又圆缘最深。
谁言我辈痴如许，
潮落潮起总是情。

2000年7月7日

路要自己走

你说你很累
可谁知你心力交瘁
你说你很难
可谁又晓你撑个破船
你奋力拼搏
人们会说你野心勃勃
你稍有倦怠
大家又会说你消极等待
人生啊
这艘不定的航船
你真不知该如何把握
你时时提醒自己
只要良心永在
不论谁好谁坏
你每每告诫自我
只要激情澎湃
无论如何评裁
路要自己走
披荆斩棘
初心不改
你将永远豪迈

2001年5月4日

我不知道

我不知道
天上有多少星辰
每一个在为谁佑生

我不知道
地上有多少风尘
每一个到底多少两斤

我不知道
人间有多少真人
每一个在唱些什么歌声

我不知道
天　地　人
我不知道
不知道
浩宇诸神
能否主宰雨世纷争

哦　不必再问
天有多高
地有多大
海就有多深

2003年4月17日

暑天偶感

炎日伏伏正午时,
头戴烈阳飞奔驰。
羚羊坐骑何忘疲,
天然沐浴桑拿史。
梦断廊桥悬残月,
兰亭依稀雨透纸。
不思当年征战苦,
唯盼今朝唱好诗。

2002年8月1日

偶成短句

回首昨夜秋风凉，
败枝落叶百花黄。
田舍九月蝉飞雀，
燕儿南去断人肠。
天高云淡沧海阔，
心意展翅任飞翔。
青山绿美依旧在，
红涨流年映朝阳。

2002 年 8 月 21 日

节日感怀

一

窗外雪飞扬，
华灯光初墙；
伊人洁圣梦，
流年顺运长。

二

白雪纷飞心亦长，
多少往事梦断肠；
夜来槐花嗅香雨，
天涯芳草待春娘。

2008年1月19日

甲午除夕

吉庆元年逢甲午,
天马行空悠自然。
春绿北国泽沃土,
大道归一举善满!

2014年1月30日

静夜思

敕勒芳草几时荒,
塞外清风挟尘狂。
大漠丛烟纷纷扰,
长河落日锁苍茫。
笃诚小吏春长在,
天国首舵指迷航。
阴阳五行顺时语,
东西南北写风光。
执政务民真良子,
为官赤胆尚德钢。
我劝神公重抖擞,
惩恶弘善筑钢墙。

2018年8月1日

午行偶感

云淡淡兮欲雨,
风轻轻兮放晴。
君默默兮荣就,
吾恋恋兮伤心。
翻相册兮顾念,
看同行兮盼人。
暑炎炎兮岂知,
绿茫茫兮眷真。

2016年7月4日

批乱象唤新风

满目清白尽素衣,
各路神仙树紫旗。
人间今世扯乱象,
公平公正岂可期。
沧海茫茫谁主舵,
妖魔鬼怪使人迷。
翘望长空何是岸,
快降春雨润菩提。

2012年7月2日

观月全食

独立腊冬
仰望月公剧变
六层楼顶
独角戏　风景
嫦娥单舞　这边

天狗　偷窜
急着赶到旧年
玉饼　吞噬
血红　呈现
变幻原在瞬间

寒宫　高冷
公演再劝传言
黄　红　蓝
微尘缥缈　嬗变

痴迷　望苑
百又五十　向天
古月　经年
穿越今夜无眠

2018年1月31日

G20晚会和诗兄

丙申丹桂怡银沟,
四海领袖会神州。
西子湖畔丝竹情,
八方来朝启航头。
举善如流心莲桥,
笑奏梁祝辉长猷。
金宵总叹花灯短,
大夏风情统寰球。

2016年9月5日

周末淘书夜读

戊戌立夏晨叶寒,
西楼驻足览书摊。
诗词歌赋比肩拥,
棋琴书画相对斑。
拾贝偶遇情醉魂,
淘宝方会花痴胆。
可怜先生梦初醒,
一诚心路点青蓝。

2018年5月5日

戏剧观后感(组诗)

初观晋剧

一

丙申秋月舞晋风,
国舅大戏火鹿城。
儿孙扶老来悟道,
藉此孝顺圆本真。
举国名师相献艺,
四大流派各争锋。
你方唱罢吾登场,
粉墨人生亦酬耕。

二

传统戏曲国之本,
谆谆教化养育人。
《大脚皇后》初显俗,
再思方知儒贯身。
空叹二老仙灵走,
满园古稀梦凡尘。
古来清明颂史节,
天地正歌泣鬼神。

2016年9月3日

《布衣于成龙》观后

先祖本是晋中人，
榆茨任吹西口风。
今夕入流看晋剧，
再度点亮国学灯。
廉官布衣赞于公，
为民请命惹祸身。
一身正气未成龙，
留部青史旷古真。

2015年10月15日

晋剧《芦花》观后

鹿城剧院乐满家，
银发垂苔观芦花。
旧剧新编寓史义，
深蕴国粹亦奇葩。
古今继母偏心邪，
絮把芦花眜天煞。
唤醒良知弘儒道，
抛泪向善谐和华。

2015年10月17日

越剧《梁祝》观后

梁祝圣情代代传,
亲睹方思真爱难。
山伯本为草根子,
书缘牵识拜芝兰。
同窗三载勤勉学,
一送长亭恋遗单。
礼教门第杖鸳鸯,
化蝶连理泪长潸。

2016年9月30日

越剧《烟雨青瓷》观后

北国金秋近江南,
吴越大剧雕如禅。
烟雨青瓷浣婉溪,
贬斥权恶扬淑丹。
国运秋色天韵谐,
演成掌故几多残。
世缘有情顿绝学,
千古梁祝逊此般。

2016年10月2日

乌审归来

不才投胎黄河南，
切逢时轮国运舛。
寒窗经年苦读书，
异乡创业兑沟坎。
长梦方醒知天命，
迷鹿回头犹未酣。
古人谁见今时月，
天佑从来许参禅。

2016年11月8日

端午随感（组诗）

端午节即兴

（一）

端阳黎民怀忠臣，
古来此节摆龙灯。
怀王昏庸图虚日，
屈子报国终未成。
长路漫漫唯探索，
痛叹哀民苦悲生。
一曲离骚千古绝，
乱世奸盗枉赤诚。

2013年6月12日

（二）

乙未初夏新态常，
屈子依稀啸端阳。
离离原上独骚客，
众生共咒楚怀王。
上天有情终不老，
朵朵白云歌舞忙。
子夜醉卧念君义，
谁言尘世有沧桑。

2015年6月20日

端阳和汪兄

五月初五是端阳,
缅怀屈子意断肠。
报国无门究天问,
一曲离骚千古张。
自古忠魂神常在,
间民齐唾楚怀王。
我劝天公泼甘露,
龙舟竞渡启正航。

2016年6月9日

端午缅怀

（一）

流光含春换夏装,
清风拂柳许端阳。
黎明挽艾炙门庭,
龙舟竞悲故国殇。
屈子离离草孤枯,
万民皆唾楚昏王。
自古忠孝常含冤,
一世天问有谁当。

（二）
丁酉五月诗雨芳，
大夏魂播午端阳。
苍山翠柳点斑竹，
豫山选艾粽飘香。
悲吟离骚哭屈子，
跪揖问天咒魔王。
龙舟竞发卷江海，
还我忠臣却国殇。

2017年5月28日

悼屈子

时空飘移近端阳，
汨罗江哭水汪汪。
屈子悲催痛无首，
脚下尽现旧年江。
路漫岂知回头晚，
独醒无奈地昏黄。
抱石问天哭九歌，
赤子苍生绝唱长。

2012年6月23日

两会顿感

清风送走雾霾君，
鹿城心胸好舒松。
两会委员谏诤言，
情暖傲雪汇群雄。
此日原本国殇时，
焚香挥泪悼国公。
风烟滚滚逝似水，
青山依旧日升东。

国殇时，指一月八日周恩来总理祭日，举国哀悼。
2016年1月8日

短信赠友

西子欣望雷峰巍,
蓉城首度赏锦辉。
昨夜瑶台风润雨,
今朝丽庭唱与谁。
丹青勿点芙华蕊,
朱笔横批温室梅。
宽巷漫步探西蜀,
青春问道几时追。

2010年12月27日

清华学悟（组诗）

初进清华

初进清华喜上眉，
顿足方知鞍马稀。
遥想当年蔡公言，
兼容并蓄堪称奇。
吾辈共圆学子梦，
与君同窗试解谜。
荷塘几度月色静，
舞文弄墨岂迷离。

2010年3月29日

再进清华

（一）

戊戌自古非常年，
再进清华诺求贤。
孑孓荷塘遛思绪，
未赏往日月团圆。

仿佛回渡同窗美，
草原学子傍双肩。
梁兄书生洋意气，
祝妹风华靓无前。

晨钟喤喤伴书声,
夜半静静破新篇。
流光只把春来报,
岁月唯将才志全。

(二)
学堂凝聚华时泪,
日晷漏滴流年情。
朱子清荷彰风骨,
闻士拍案啸本真。

莘莘学子从前去,
谦谦君子务国本。
赫赫名校谐松柏,
巍巍二门和同仁。

自强不息寻夙愿,
厚德载物报国恩。
风清清兮布祥雨,
水澹澹兮润心城。

人间四月今犹胜,
华夏青史鉴古今。
雕梁玉栋承日月,
治国理政展大鹏。

2018年4月17日

清华学习感悟

人间四月诗意萌,
水木清华悦古城。
梁氏二杰点校训,
辈出英才修齐平。
学高唯愿效祖国,
练技只为敬苍生。
漠北长城今犹在,
琼海巨龙旋罡风。

2018年4月16日

筑梦清华

（一）

娉婷四月燕回园,
红都华年贯东风。
古月堂前花呷语,
近春园里点书声。
曲廊萦回君未见,
雕甍绣亭有余音。
朱栏净静忆先师,
画栋幽优启吾蒙。

(二)

人生周学还嫌短,
尔来再度续前生。
仁人自古书文史,
志士从来报国真。
康梁一度图变法,
孔孟缘时天谴身。
自强不息数英才,
看我清华出贤人。

2018年4月19日

清华颂

春
乍暖还寒
花
初露缠蚕
鸟
归去来兮
君
生机盎然

在这个特别的季节
在这些不平凡的日子
我重新认识了你

在这个特殊的地方
在这个博大的校园
我重新认识了你

在阳光初绽微笑
在风儿跃上树梢
我重新认识了你

你是春天的风儿
轻轻地吹
你是空中的鸟儿
自由地飞
你是园中的花儿
展笑颜
你是心中的鹿儿
善若水

我敬爱的春儿
可爱的花儿
热爱的鸟儿
亲爱的君儿

我的水木清华
我不醒的梦儿

2010年4月3日

清华结业回程

周学充电赶同仁，
流连归心雨迷蒙。
北京站外寻飞燕，
人海沙滩考老兵。
胸无旁愿意恒坚，
城有正道终阅盟。
与君同车谐欣语，
云帆高挂启东风。

2018年4月20日

登天安门城楼

一

少小梦思海蜃楼,
雄鸡报晓心悠悠。
游子遂愿登城阁,
凭栏瞰忆岁月稠。
演义多少皇朝梦,
帝王将相一夜休。
振臂挥洒皆史诗,
几代伟人谱春秋。

二

低眉向首问天安,
但恐惊动诸神尤。
午门依稀窦娥泣,
金水桥畔睹木牛。
宦海沉浮航无岸,
中轴神线宫患稠。
红墙永葆丹旗色,
世纪尧舜最风流。

　　终于有幸登天安门城楼,感受巨人挥手之势,怀忆历史,有感而发。

2002年9月1日

雪晨情月

心溢干渴
天意情节
漂洒圣洁世界
昨梦依稀
华丽公主
再返君之灵现
远方　红灯笼
星星点点
凌角寒梅
迷离了爱的晨月
情侣的足迹
吻定了串串依恋
此刻蹁跹
仿佛还在那个雨夜
春熙路跳动
音律脉脉咖啡店
斯卡布罗集市
金发在古堡穿越
彳亍纯洁
寂寥逐灵魂之孤雁
微启双唇

将美丽凌霄花咀嚼
今朝难忘
昨夜无眠
所有娉婷袅娜
都在这里凝结
一袭红纱
飞瀑曼妙翩翩
滋养漠北
萋萋浪漫伊甸
掬一倾雪花
镌刻思念
还在廊桥祈愿
归去来兮
长城放飞情雀
此景仙境
君临纵诗梦跃

2010年12月27日

心蕴怀君

满屏是你
不再梦呓忧伤
细细品味
将君珍藏
难寻府库
不忍转入云上
灵魂深处
尽是亲之靓相

2019年4月29日

览微信小感

这个清晨
挡不住那些阳光
我徜徉在微信
寻找灵诗与远方
三五鼓噪
四六肢舞
回归白恶纪时张
狂
有些人
视珠宝为尘土
而有些看到垃圾
的金光
世界
从来演绎这二字
不正常的正常

2019年3月2日

炎月偶感

敕勒芳草几时荒，
塞外清风挟尘狂。
大漠丛烟纷纷扰，
长河落日锁苍茫。
笃诚小吏春常在，
天国首舵指迷航。
阴阳五行顺时语，
东西南北写风光。
执政务民真良子，
为官赤胆尚德钢。
我劝神公重抖擞，
惩恶弘善筑铜墙。

2018年8月1日

二连口岸吟

北疆宫月广寒冷,
鸿雁衔风作别声。
伊林驿站饱商贾,
茶马古道走豪门。
遥思江海掀蓬勃,
彼时恐龙统世城。
莫言边关鞍马喧,
青史流年瞻华锋。

2019年8月6日

赴呼动车有感

夏花独芳远凡尘，
动车泼绿洗众生。
凭窗远观万物走，
倚栏近听倾倒翁。
线雨逐梦呈溪海，
飞云滚滚启新程。
叹得世事多如此，
风驰驱后赶龙门。

2019年8月5日

后　记

　　《牵挂如风》是诗集，更是我心灵流畅之河。是我对春夏秋冬，亲情友情爱情，世事人生等等，如风之思索、感悟、牵挂。这份牵挂亦如风，轻轻而来，悠悠而去；似雨，绵绵细微，润物无声；挥之不去，抹也难掉！

　　本人出生在黄土高原，母亲河畔。黄土地孕育了我质朴、诚实的性格，黄河水滋养了我初心不改、纯情感恩的品质。小时候贫寒的生活练就了我热爱劳动，艰苦朴素的作风，落后的文化催生了我勤奋好学的习惯。母亲的淳朴，父亲的直率造就了我真实如一的风貌。油灯下、炉灶旁，田间地头，妈妈讲的那些故事，深深地镌刻在我灵魂深处，焕发了我热爱生活，热爱文学的激情。于是，我替同学写作文以换书读、我在课本的空白处画画以自娱、拉着风箱沉浸在《水浒传》里、写"诗"参加生产队大会发言……在我，这些都是曾经不可或缺的生活，但这些生活片断至今历历在目。

　　诗，一直在我心灵深处潜伏着。作为黄河儿女，现实生活让我上接苍天、下通大地，寒来暑往、风雨兼程。于是，喜怒哀乐、大凡小事，国家地区、世事人生等皆流淌成为所谓的"诗"。

现在选了部分成集，也是在文友们的劝导下，同仁们的帮助下，动议并着手而成的。水平不高，文笔不美，但自然与社会，联想并真实，天、地、人，时、空、情，高低错落、相互交响，歌颂了人间的真善美，吟绘了自然的隽秀，祖国的壮丽。在某种意义上也反映了国际国内乃至地区经济社会发展变化、风土人情。满满的正能量，以小众奢现大局，彰显了我国改革开放以来辉煌业绩。

实话讲，《牵挂如风》由于时间仓促，水平所限，一定存在不少缺憾与不足。好在有许多文友们同仁们的鼎力支持帮助，有大家的无私点拨，让文稿逐渐成熟完善。

在此，我衷心地感谢高湛明、张继忠等先生，付慧、云高娃、敖尔格勒玛等女士，以及其他各位挚友同仁。

掩卷落笔，是为后记。

魏　旭

2019年3月12日